novum pocket

AF184815

**Niels Engler**

# Gwens Weg

novum pocket

Bibliografische Information
der Deutschen Nationalbibliothek:

Die Deutsche Nationalbibliothek
verzeichnet diese Publikation in der
Deutschen Nationalbibliografie.
Detaillierte bibliografische Daten
sind im Internet über
http://www.d-nb.de abrufbar.

Alle Rechte der Verbreitung, auch
durch Film, Funk und Fernsehen,
fotomechanische Wiedergabe,
Tonträger, elektronische
Datenträger und auszugsweisen
Nachdruck, sind vorbehalten.

Gedruckt in der Europäischen Union
auf umweltfreundlichem, chlor- und
säurefrei gebleichtem Papier.

© 2023 novum Verlag

ISBN 978-3-903468-28-3
Umschlagfoto:
Felix Pergande | Dreamstime.com
Umschlaggestaltung, Layout & Satz:
novum Verlag

**www.novumverlag.com**

Der Heerwurm der Briten wand sich seit acht Tagen in südlicher Richtung und bisher hatten die Angeln noch keinen ernsthaften Versuch gemacht, ihn aufzuhalten.

Die jüngeren Krieger meinten, dass die Angeln ein solch mächtiges Heer so fürchteten, dass sie sich lieber ins Meer stürzen würden, als zu kämpfen. Aber die erfahrenen Kämpfer wussten, dass etwas in der Luft lag, was nicht gut war. Irgendwo mussten die Angeln sein und wenn sie auf sie treffen würden, würde deren Zahl die eigene übertreffen.

Gwen ritt neben ihrem Bruder Cynon. Sie waren weit vorn im Heer, vor ihnen waren eigentlich nur noch die Standarten der Fürsten. Sie blickte auf Cynon. Er war wirklich ein beeindruckender Anblick in seinem neuen Kettenhemd. Sie strich über ihre Kleidung. Es war ihr ungewohnt, Männerkleidung zu tragen. Ihr Bruder Cynon hatte es für besser gehalten, daß niemand wusste, dass eine Frau beim Heer war. Eigentlich sollte sie auch nicht hier sein, aber sie wollte unbedingt mit und so hatte sie sich in einem Karren mit Proviant versteckt. Nach einem Tag war sie zu ihrem Bruder gegangen, der hatte zwar geschimpft, aber allein wollte er sie nicht zurückschicken. Es war einfach zu unsicher und so ritt sie nun als sein neuer Knappe neben ihm. Von vorn kam einer der Späher geritten. Er rief schon von Weitem: „Der Weg nach Catraeth ist frei!" Der Ruf pflanzte sich durch das ganze Heer fort und alles begann sich schneller zu bewegen. Am Abend sahen sie die mächtigen Mauern von Catraeth aus der Ebene ragen. Gwen blickte beeindruckt auf die Festung und fragte ihren Bruder, wer so etwas gebaut hat. Ihr Bruder antwortete: „Das haben vor langer Zeit die Römer gebaut. Die vertrauten mehr auf mächtige Mauern und die Zahl ihrer Krieger, als auf den Mut und die Kühnheit des Einzelnen." Im Licht des Sonnenuntergangs betrachtete Gwen die Mauern. An manchen Stellen waren sie verfallen, aber man hatte sie mit Holz und Stein wiederhergerichtet. Zwar nicht so kunstvoll wie die Römer aber genauso wirkungsvoll.

Die Fürsten ließen ihre Krieger in Schlachtordnung lagern, denn gleich nach Sonnenaufgang sollte der Angriff beginnen. Es wurde eine unruhige Nacht, fast niemand schlief. Die Männer hockten um ihre Lagerfeuer und warteten auf den kommenden Tag. Manche meinten ein Pferd wiehern hinter ihren Linien gehört zu haben, aber sie dachten, es wären nur entlaufene Pferde von früheren Gefechten. Als die Sonne aufging dröhnten die Trommeln und die Hörner schallten. Jeder nahm seinen Platz ein. Doch als der Nebel sich verzogen hatte, zeigte sich eine schreckliche Veränderung gegenüber dem Vortag.

Rechts neben der Festung stand ein mächtiges Heer, in drei Treffen geordnet. Über dem Heerhaufen standen die Feldzeichen der Angeln und die Blitze, das Feldzeichen des Fürsten Geraint, der sich mit ihnen verbündet hatte. Die Fürsten berieten und kamen zu dem Schluss, dass die Reiter das Feldheer der Angeln angreifen sollten, während die Fußsoldaten die Festung stürmten, doch alles kam anders. Im selben Moment, als die britischen Reiter sich in Bewegung setzten, begann das erste Treffen der Angeln anzugreifen.

Aus vollem Lauf schleuderten die anglischen Krieger ihre Wurfspieße. Cynon hatte Gwen zugerufen, sie solle hinter ihm bleiben, aber sie hatte ihr Pferd nicht mehr im Griff. Das Tier drehte sich aus Angst auf der Stelle. In diesem Moment flog ein Wurfspieß an Gwen vorbei, streifte das Pferd am Hals und es ging durch. Gwen konnte nichts machen. Das Pferd jagte mit ihr mitten zwischen den kämpfenden Kriegern hindurch bis es an einem kleinen Bach ausglitt und Gwen in hohem Bogen aus dem Sattel flog. Sie landete im Wasser, rappelte sich auf und versuchte das Steilufer zu erklettern, aber sie rutschte immer wieder zurück ins Wasser. Plötzlich wurde sie an ihrer Jacke in die Höhe gehoben, es war ein Krieger mit der Feldbinde der Angeln. Mit der einen Hand hatte er Gwen hochgezogen, in der anderen hielt er die Streitaxt zum Schlag bereit. Aber ihre Jacke war aufgerissen und dort sah er etwas, was er nicht erwartet hatte. Er warf die Streitaxt zur Seite und zerrte Gwen an den Haaren zu einem umgekippten Karren. Dort band er sie mit einer Schnur aus geflochtenen Lederriemen, die er am Gürtel getragen hatte an, dann verschwand er wieder. Gwen versuchte sich von der Fessel zu befreien, aber es gelang ihr nicht. Währenddessen endete bis Mittag die Schlacht. Das Heer der Briten wurde vernichtet und nur wenige entkamen. Der Kampflärm hatte aufgehört und auf dem Schlachtfeld suchten nur noch einige Krieger nach wertvollen Beutestücken. Der Krieger, der Gwen angebunden hatte, war zurückgekommen. Mit zwei seiner Kameraden stand er in einiger Entfernung und sprach, wobei er immer wieder auf Gwen zeigte. Dann kam er näher und band Gwen los. Gwen erwartete, dass er sie in die Festung führen würde. Stattdessen führte er sie in ein Zeltlager neben der Festung. Am aufgepflanzten Feldzeichen erkannte sie, dass hier der Fürst Geraint lagerte. Sie wurde vor den Fürsten geführt. Er saß vor seinem Zelt an einem großen Lagerfeuer. Um ihn saßen die ranghöchsten Krieger. Aber bevor Gwen vor ihm stand musste sie fast an seinem ganzen Heer vorbei. Die Männer saßen auf dem Boden und tranken Bier. Als Gwen vorbeiging, grölten sie hinterher. Gwen fürchtete sich, aber sie versuchte ihre Haltung zu bewahren, schließlich war sie die Tochter eines Edlen. Dann stand sie vor dem Fürsten. Der Krieger, der sie gefangengenommen hatte, berichtete dem Fürsten davon.

Der Fürst sprach sie an: „Nun Mädchen, wer bist du?" Gwen straffte ihre Haltung und antwortete: „Ich bin eine Bardin." (Das war zwar gelogen. Sie wusste aber, dass alle Fürsten Barden liebten und Harfe spielen und singen konnte sie.) Ein älterer Krieger lachte schallend. Der Fürst gebot ihm mit einer Handbewegung zu schweigen und befahl: „Bringt ihr eine Harfe!" Aus einem der Zelte holte ein Krieger eine Harfe. Die Männer reichten sie weiter, bis sie bei Gwen ankam. Gwen nahm die Harfe und zupfte leicht an den Saiten, um den Klang zu prüfen. Der Fürst sagte: „Spiel etwas Neues." Gwen nahm ihren ganzen Mut zusammen und fing an, das Lied vorzutragen, das Aneirin auf dem Weg hierher gedichtet hatte. Nach der ersten Strophe atmete sie tief durch und blickte in die Runde. Einige Krieger nickten zustimmend. Der Fürst sagte: „Das hast du gut gemacht. Nimm Platz. Bringt ihr einen Becher Wein." Gwen saß neben dem Fürsten auf einem auf dem Boden ausgebreiteten Fell. Der Fürst plauderte mit ihr über den Geschmack von Wein. Allzu viel wusste Gwen nicht darüber, doch plötzlich fragte er sie: „Wie ist der Name deines Vaters?" Gwen überlegte einen Moment, ob sie ihm den Namen nennen sollte. Doch sie kam zu dem Schluss, dass die Wahrheit nicht schaden könnte und sagte: „Mein Vater ist Clydno Eiddyn." Der Fürst erwiderte: „Dann ist Cynon dein Bruder." Gwen nickte und ließ den Kopf hängen. Der Fürst strich sich über den Bart und meinte: „Bedeutende Männer." Später am Abend wies er ihr ein Zelt für die Nacht zu.

Gwen konnte lange nicht einschlafen. Ob ihr Bruder noch lebte? Keiner konnte es ihr sagen. Ob sie jemals wieder nach Hause kommen würde? Der Fürst hatte eine Wache vor ihr Zelt gestellt. Gwen zog die Decke über den Kopf und weinte. Am nächsten Tag brach das Heer auf, zurück zum Hof des Fürsten. Gwen stand neben dem Fürsten und beobachtete, wie die Zelte abgebaut und zusammen mit der Beute auf Packpferde oder Ochsenkarren verladen wurden. Die Verwundeten, die weder laufen noch reiten konnten, wurden auf zwei Ochsenkarren gelegt. Dann setzte sich die Kolonne in Bewegung. Gwen ritt neben dem Fürsten, er hatte es so gewollt. Während des Rittes ließ er sich Lieder vortragen. Gwen fiel es etwas schwer, gleichzeitig ihr Pferd zu lenken und zu singen. Gegen Mittag des zweiten Tages kam die Burg des Fürsten in Sicht. Sie stand auf einer Anhöhe und bestand aus einem Wall aus großen Steinblöcken, die von einer Holzkonstruktion zusammen gehalten wurden. Dahinter ragten die Dächer der Thronhalle und der Nebengebäude hervor. Das Tor war mit ornamentalem Schnitzwerk verziert. Als sie in den Hof ein ritten, war Gwen von der Größe der Gebäude überrascht. Die Fürstin trat aus dem Eingangsportal der Thronhalle und reichte ihrem Mann einen Willkommenstrunk. Als ihr Blick auf Gwen fiel, verfinsterte sich ihre Miene. Gwen stieg vom Pferd und brach bewusstlos zusammen. Die Anstrengungen und Aufregungen der letzten Tage waren zu viel für sie. Der Fürst ließ sie ins Gästehaus bringen. Zwei Mägde kleideten sie aus und legten sie ins Bett. Als sie am nächsten Morgen erwachte, hörte sie, wie sich vor der Tür ihrer Kammer zwei Frauen unterhielten. Sie konnte zwar nicht alles verstehen, aber sie wusste jetzt, dass sich der Fürst und die Fürstin ihretwegen gestritten hatten. Einen Moment später öffnete sich die Tür. Der Kämmerer trat ein, trat zur Seite und verneigte sich. Die Fürstin schritt bis zur Mitte des Raumes. Dann sagte sie zum Kämmerer. „Bringe sie ins Küchenhaus und sorge dafür, dass sie angemessen gekleidet wird." Der Kämmerer antwortete: „Ja Herrin." Und griff nach Gwens Arm. Gwen hüllte sich in die Bettdecke. Als der Kämmerer mit Gwen den Raum verlassen wollte, sagte die Fürstin: „Und lege ihr eine Kette an, damit das Vögelchen nicht entflieht." Dabei wies sie auf Gwens Beine. Gwen wollte etwas erwidern. aber der Kämmerer schob sie aus dem Raum. Er führte sie über den Hof in ein großes Gebäude hinter der Thronhalle. Er sagte zu zwei Mägden, die dort mit der Vorbereitung des Essens beschäftigt waren:

„Gebt ihr etwas zum Anziehen, aber passt auf, dass sie nicht entwischt." Die Mägde gingen mit Gwen zu mehreren Truhen, die im hinteren Teil des Hauses standen. Gwen wusste, dass es keinen Zweck hatte, sich zu wehren. Eine der Mägde entnahm den Truhen ein Leinenhemd und einen aus Wolltuch bestehenden Rock. Gwen zog beides an. In der Zwischenzeit hatte der Kämmerer einen neben der Tür stehenden Kasten aufgeschlossen. Er kramte eine Weile darin, dann hatte er gefunden was er suchte. Er sagte: „Bringt sie her!" Die beiden Mägde schoben Gwen vor den Kämmerer. Er hielt eine eiserne Fußfessel in der Hand und sagte: „Haltet sie fest." Die Mägde wollten Gwen festhalten, aber sie schlug um sich und brüllte: „Das könnt ihr mit mir nicht machen!" In diesem Moment trat ein Knecht, der Feuerholz geholt hatte, in das Haus.

Der Kämmerer brüllte ihn an: „Leg das Holz weg und halt sie fest!" Der Knecht warf das Holz in die Ecke und packte Gwen. Er warf sie auf den Boden. Gwen schrie: „Das könnt ihr nicht machen. Ich bin." Weiter kam sie nicht, denn er kniete nicht nur auf ihrem Oberkörper sondern hielt ihr auch noch den Mund zu. Der Kämmerer hatte ihre Beine eingefangen und als das Schloss der Kette einrastete, sagte er: „Las sie los!" Gwen kroch weinend in die Ecke. Er sagte zu den anderen: „Lasst sie erst einmal in Ruhe."

Gwen lehnte mit dem Oberkörper an der Wand, sie weinte. Wie können die mit mir so was machen? Ich bin die Tochter eines Edlen und nicht irgendein Sklavenmädchen. Ein schrecklicher Gedanke kam in ihr hoch. Die werden doch nicht...? Wenn die mich verkaufen wollen, töte ich mich lieber! In diesem Moment strich ihr jemand über das Haar. Gwen wandte sich um. Vor ihr stand eine Magd, sie sagte: „Du hast sicher Hunger." Sie hielt ihr eine Schale mit Haferbrei hin. Gwen nahm sie und fing an, den Brei in ihren Mund zu stopfen. Sie hatte seit gestern nichts gegessen und es half etwas gegen die schlimmen Gedanken. Die Magd sagte: „Hier ist deine Decke und ein Schaffell. Es ist schon ganz schön kühl." Dann griff sie unter ihre Schürze und holte ein kleines Töpfchen hervor. Sie hielt es Gwen hin und sagte, indem sie auf die Kette zeigte: „Wenn du die damit einschmierst, scheuert es nicht so. Ich muss jetzt wieder an meine Arbeit." Gwen setzte sich auf das Schaffell und betrachtete das Geschehen im Küchenhaus. Einen derartig großen Haushalt hatte sie noch nie gesehen. Gwen sah den riesigen Herd in der Mitte des Raumes. Über dem Feuer hing ein großer Kessel, in dem der Küchenmeister mit einem Holzlöffel rührte. Neben dem Herd stand ein zweiter Kessel, in den gerade klein geschnittenes Gemüse gelegt wurde.

Die Magd, die Gwen den Brei gebracht hatte, war auch dort und schnitt Gemüse klein. Gwen hatte die Schale leer gegessen. Sie stand auf und ging zu der Magd. Das Gehen mit der Kette war unbequem, da sie nur ganz kleine Schritte machen konnte. Gwen sprach die Magd an: „Hier ist die leere Schale. Danke für den Brei. Ich heiße Gwen und du?" Die Magd antwortete: „Ich heiße Eudda." In diesem Moment kam der Küchenmeister vorbei und sagte: „Halt sie nicht von der Arbeit ab. Das Essen muss heute pünktlich fertig werden." Gwen ging wieder in ihre Ecke und setzte sich auf ihr Schaffell. Dann rückte sie die Kette zurecht und rieb ihre Knöchel mit etwas Fett aus dem kleinen Töpfchen ein. Warum musste man mir so etwas antun, dachte sie. Sie blickte in die Runde. Außer ihr und der jungen Frau an der Mühle trug hier niemand Ketten. Gwen beobachtete die Frau an der Mühle. Sie trug einen eisernen Ring um den Hals, an dem eine Kette hing. Die Kette war am Mühlenkasten befestigt und gerade so lang, dass sie bis zum Entwässerungsgraben neben der Tür des Küchengebäudes reichte. Neben der Mühle stand eine Kinderwiege und von Zeit zu Zeit unterbrach sie ihre Arbeit, um nach dem Kind zu sehen. Gwen nahm sich vor, Eudda nach der Frau an der Mühle zu fragen. Mittags wurden die Speisen für die Familie des Fürsten und seine Krieger in die große Halle getragen. Danach hatten die Mägde Zeit, etwas zu essen. Eudda kam mit zwei Schüsseln Suppe zu Gwen. Sie setzte sich neben sie. Als Gwen ihre Suppe gegessen hatte, sagte sie zu Eudda: „Sag mal. Was ist, dass denn für eine Frau an der Mühle?"

Eudda antwortete: „Alle nennen sie nur Krie, das ist kein Name sondern kommt vom Geräusch der Mühle. Unser Fürst kaufte sie von einem Händler und der hatte sie von zwei Sachsen gekauft. Sie ist bei einem Raubüberfall entführt worden. Als sie hier ankam, war sie schwanger. Nach der Geburt hat sie versucht, das Kind zu ersticken, aber es kam jemand dazu. Sie wurde vor den Fürsten geführt, aber der wollte, entgegen seiner sonstigen Art, nicht gleich entscheiden. Als er die Halle verlassen wollte, fing das Kind an zu schreien und sie nahm es hoch. Da hat es gleich aufgehört zu weinen. Der Fürst hat sich wieder auf seinen Stuhl gesetzt und verkündet, dass das Kind zu seiner Mutter gehört. Man sollte aber verhindern, dass sie mit dem Kind ohne Aufsicht bleibt. Seitdem hängt sie an der Kette. Gwen sagte nachdenklich: „Das ist ja schrecklich." Dann wandte sie sich an Eudda und fragte sie: „Und wo kommst du her?" Eudda antwortete: „Ich bin hier geboren, meine Mutter diente dem Vater unseres heutigen Fürsten. Ich weiß aber nicht, wer mein Vater ist." Gwen sah sie an und fragte verwundert: „Du weißt nicht wer dein Vater ist?" Eudda antwortete: „Das ist gar nicht so selten. Wenn ein freier Mann mit einer Unfreien ein Kind zeugt, wird das Kind selten von ihm anerkannt." Gwen runzelte die Stirn und sagte: „Und was meint der Fürst dazu?" Eudda lachte und antwortete: „Der Fürst, warum sollte der etwas dagegen haben? Die Kinder seiner Unfreien sind doch sein Eigentum."

Gwen dachte an ihre Familie, dort war jede Verbindung zwischen Mann und Frau gleichzeitig ein Bündnis zwischen den Sippen. Jeder Verstoß gegen die sittlichen Regeln konnte unabsehbare Konsequenzen haben und wurde deshalb bestraft. Wenn sie sich richtig erinnerte, hatten einige Mägde bei ihr zu Hause auch Kinder und waren trotzdem nicht verheiratet. Es war eben doch ein Unterschied, welchem Stand man angehörte. Ja so war es wohl, aber wo gehöre ich jetzt hin dachte sie. Ihr kamen die Tränen und sie fing an zu schluchzen. Sie presste die Hände vor ihr Gesicht. Eudda nahm sie in den Arm. Gwen lag mit dem Kopf an Euddas Schulter und weinte. Eudda streichelte über ihren Rücken und sagte leise: „Es ist alles gut." Gwen fragte Eudda: „Was bin ich?" Eudda antwortete: „Es wird alles nicht so schlimm." In diesem Moment rief von der anderen Seite des Raumes der Küchenmeister: „Eudda willst du nicht endlich an deine Arbeit gehen!" Eudda antwortete: „Ihr geht es nicht gut!" Der Küchenmeister brüllte zurück: „Was geht mich die an. Komm her oder willst du Schläge haben."

Eudda flüsterte Gwen ins Ohr: „Du brauchst keine Angst zu haben. Ich komme gleich wieder: „Eudda stand auf und ging. Gwen zog sich die Decke über den Kopf. Sie dachte, ich muss dem ein Ende machen. Sie schob die Decke zur Seite und sah sich nach einer Möglichkeit um, ihrem Leben ein Ende zu machen. An ein Messer kam sie nicht heran, der Küchenmeister beaufsichtigte alle Gerätschaften zu genau.

Gwen stand auf und ging zur Tür. Als sie aus dem Haus trat, fuhr ihr ein kalter Wind unter den Rock. Den einen Tag, seit sie hier war, hatte es sich stark abgekühlt. Sie blickte über den Hof, einige Krieger waren dabei, ihre Ausrüstung in Ordnung zu bringen und bei den Ställen striegelte ein Knecht gerade eines der Pferde. Auf dem Wall drehte die Wache ihre Runden.

Da fiel Gwens Blick auf den Brunnen in der Mitte des Hofes. Sie ging hin und sah über den Rand. Der Brunnen schien sehr tief zu sein. Gwen beschloss, sobald es dunkel würde, sich da hinein zu stürzen. Eudda wunderte sich, dass Gwen so ruhig dasaß. Sie versuchte mit Gwen zu reden, aber die brach jedes Gespräch sofort ab. Als es dunkel geworden war und alle schliefen, schlich Gwen nach draußen. Sie sah über den Brunnenrand und es kam das Grauen in ihr hoch, nein dort wollte sie nicht hinein. Sie blickte um sich und ihr Blick fiel auf die Pferdetränke neben dem Brunnen. Wenn sie sich da hinein setzte, wäre sie bis man sie fände so ausgekühlt, dass sie sterben würde, es würde etwas länger dauern aber es wäre vorbei. Gwen setzte sich in den Trog. Im ersten Moment erschien ihr das Wasser gar nicht kalt, aber dann merkte sie wie die Kälte in ihrem Körper eindrang. Gwen dachte, das ist jetzt der Anfang, bald ist es vorbei.

Mitten in der Nacht musste einer der Knechte nach draußen. Er entdeckte die in der Tränke hockende Gestalt und rief die Wache. Gwen wurde in das Küchenhaus getragen, sie bekam davon nichts mit. Man legte sie auf einen Stapel Felle und Eudda zog ihr zusammen mit einer anderen Magd die nassen Kleider aus. In der Zwischenzeit kam der Kämmerer, Eudda flehte ihn an, er solle die Fürstin holen. Der Kämmerer antwortete: „Es ist mitten in der Nacht. Das kann ich nicht machen." Eudda flehte: „Bitte, sie wird sonst sterben!" Der Kämmerer legte die Hand auf Gwens Stirn und verließ dann das Küchenhaus. Gwen wälzte sich hin und her und murmelte wirres Zeug. Eudda legte ihr ein feuchtes Tuch auf die Stirn.

In diesem Moment kam die Fürstin herein, ihr folgte der Kämmerer, er trug einen geschnitzten Kasten. Die Fürstin ging zu Gwen und fasste ihr an die Stirn. Dann gab sie den Mägden Anweisungen: „Du machst Wasser heiß, wenn es kocht, bringe es her und ihr holt einige Tücher und kaltes Wasser." Die Fürstin öffnete den geschnitzten Kasten und entnahm ihm einige Beutel mit Kräutern. Sie mischte eine kleine Menge davon in einer Schale. Als das Wasser kochte, übergoss die Fürstin einen Teil der Kräuter in einem Krug mit dem Wasser. Sie richtete Gwen auf. Gwen schlug die Augen auf, sah die

Fürstin und wich zurück. Die Fürstin zog Gwen zu sich heran und redete auf sie ein: „Komm Mädchen trink das, sonst wirst du nicht gesund." Gwen wurde ruhiger und trank schluckweise von dem Kräutersud. Die Fürstin holte noch eine Salbe aus ihrem Kasten und gab Anweisung, dass man Gwen von Zeit zu Zeit von dem Kräutersud trinken lassen und ihren Oberkörper mit der Salbe einreiben sollte.

Zwei Tage später erwachte Gwen. Das Erste, was sie sah, war das besorgte Gesicht von Eudda. Gwen sagte: „Ich habe Hunger." Eudda reichte ihr eine Schale mit Haferbrei. Gwen aß den Brei und sagte dann zu Eudda: „Ich hatte einen komischen Traum. Die Fürstin kam zu mir und so." Eudda antwortete: „Das war kein Traum. Ohne die Heilkunst der Fürstin würdest du nicht mehr leben." Gwen sah Eudda erstaunt an und sagte: „Du meinst, sie ist zu mir gekommen?" Eudda nickte. Man erwartete von hochgestellten Damen, dass sie derartige Fähigkeiten besaßen. Gwen hatte aber nicht erwartet, dass sie sich herabließ, zu so etwas wie ihr zu kommen. Einige Zeit später kam eine junge Magd zu Gwen. Sie sagte: „Zieh dich an, die Fürstin will dich sehen."

Gwen zog sich an. Jetzt fiel ihr auf, dass die Kette weg war. Man musste sie ihr abgenommen haben als sie krank war. Eudda legte ihr ein Tuch um die Schultern: „Damit du dich nicht gleich wieder erkältest." Die Magd ging voran und Gwen folgte ihr. Sie gingen in den hinteren Teil der großen Halle. Die Magd klopfte an einer Kammertür. Von innen kam ein energisches: „Herein!" Die Magd öffnete die Tür und schob Gwen in die Kammer. Im hinteren Teil der Kammer saß die Fürstin vor einer geöffneten Truhe und besah sich ihren Schmuck. Als Gwen hereinkam, legte sie den Schmuck zur Seite. Gwen blieb mit gesenktem Kopf stehen. Die Fürstin sagte zu ihr: „Ich sollte dich bestrafen." Gwen fing an zu weinen. Die Fürstin sagte: „Komm her." Gwen trat näher und die Fürstin nahm ihre Hände. Dann sagte sie: „Warum hast du das gemacht?" Unter Schluchzen sagte Gwen: „Ich, ich will nicht als Sklavin verkauft werden." Die Fürstin fasste ihr unter das Kinn und hob ihren Kopf an, sodass sie ihr in die Augen sehen konnte. Dann sagte sie: „Wir wollen dich doch nicht verkaufen." Sie klappte den Deckel der Truhe zu und sagte zu Gwen: „Setz dich." Gwen setzte sich auf die Truhe und die Fürstin sagte zu ihr: „Wir haben Nachricht. Dein Bruder kommt dich abholen." Gwen sah die Fürstin erstaunt an: „Mein Bruder lebt?"

Die Fürstin antwortete: „Ja und es kann nur noch einige Tage dauern." Gwen wäre ihr am liebsten um den Hals gefallen, aber sie erinnerte sich, dass eine Dame niemals solche Gefühlsausbrüche haben sollte. Gwen zupfte nervös an ihrem Rock. Die Fürstin sagte zu ihr: „Du brauchst keine Angst zu haben. Wir sind verwandt. Meine Urgroßmutter war die Tante deines Großvaters." Gwen bereute, nie richtig zugehört zu haben, wenn es um Familienverbindungen ging. Sie sagte: „Ich möchte euch etwas fragen?" Die Fürstin antwortete: „Natürlich darfst du mich etwas fragen." Gwen rutschte hin und her und sagte: „Heilen ist doch nicht so einfach? Braucht man da nicht einige Fähigkeiten, die nicht jeder hat?" Die Fürstin lachte: „Du glaubst wohl was manche Leute sagen, wir könnten zaubern? Jede Magie liegt aber nur darin, die Gefühle der Menschen lenken zu können. Ich sage dir das nur, weil du eine von uns bist."

Gwen fragte: „Wo kann ich das lernen?" Die Fürstin antwortete: „Viel Zeit ist nicht, ich kann dir einiges erklären, wenn du willst." Gwen antwortete erfreut: „Ich will es." Die Fürstin sagte: „Nun gut, zunächst musst du mir versprechen, es an niemand weiter zu geben, der nicht würdig ist." Gwen antwortete: „Ich verspreche es." Die Fürstin sagte: „Nein, nein, du musst es bei deinem Leben schwören!" Gwen stand auf und schwor. Die Fürstin nickte zufrieden und sagte: „Warum glaubst du, müssen wir die Heilkunde verstehen?" Gwen zuckte mit den Schultern. Die Fürstin sagte: „Es ist ganz einfach. Die Gefolgschaft des Fürsten kämpft entschlossener, wenn sie weiß, dass ihre Fürstin heilen kann. Diese Entschlossenheit bringt den Sieg und damit Ansehen und Reichtum." Gwen nickte. Die Fürstin sagte: „Für heute ist es genug. Du gehst zurück ins Küchenhaus und denke noch einmal darüber nach, was ich dir sagte." Gwen antwortete: „ Ich möchte nicht wieder ins Küchenhaus." Die Fürstin sagte: „Es ist besser so Gwen." Gwen gehorchte.

Gwen kam in sichtlich guter Stimmung im Küchenhaus an und setzte sich auf ihr Schaffell. Eudda ging zu ihr und fragte: „War es schlimm?" Gwen antwortete: „Nein, nicht so schlimm." Eudda wunderte sich. Die Fürstin hatte angeordnet, dass Gwen nur von ihr Anweisungen annehmen muss. Einige Mägde beobachteten Gwen und tuschelten. Gwen bekam davon scheinbar nichts mit. Sie saß da und träumte. Wovon, das ahnte keiner der Anwesenden. Gwen träumte von der Insel Avalon und den heilkundigen Frauen. Sie träumte, wie sie auf die geheimnisvolle Insel übersetzt und wie die Frauen sie prüften, um zu erfahren, ob sie würdig ist, in die Geheimnisse eingeweiht zu werden. Plötzlich schwankte alles und versank. Das Innere des Küchenhauses lag wieder vor ihr. Eudda rüttelte an ihrer Schulter und fragte. „Willst du nichts essen?" Gwen antwortete: „Was gibt es denn?" Eudda sagte: „Haferbrei." Gwen rümpfte die Nase: „Habt ihr nichts anderes?" Eudda antwortete: „Sei froh, wenn genug da ist." Gwen sagte: „Es wäre zum Beispiel nicht schlecht, etwas Honig in den Brei zu tun." Eudda fragte besorgt: „Hast du wieder Fieber?" Eudda fasste ihr an die Stirn. Gwen schob die Hand unwillig zur Seite und sagte: „Ich bin doch nicht krank, nur weil ich etwas anständiges essen will." Gwen zog Eudda zu sich heran und flüsterte ihr zu: „Wir könnten doch ein Stück vom Braten abschneiden. Der Küchenmeister ist gerade raus gegangen." Eudda antwortete: „Du musst wirklich krank sein. Weißt du, was der Küchenmeister mit uns macht, wenn er das merkt?" Gwen sagte trotzig: „Mir wäre ein ordentliches Essen schon das Risiko wert. Ich will dich aber nicht ängstigen." Eudda schüttelte den Kopf und fing an zu essen. In der Zwischenzeit trat eine Frau in das Küchenhaus. Sie trug ein schlichtes aber aus wertvollem Stoff gefertigtes Kleid. Es war die Zofe der Fürstin. Sie baute sich vor Gwen auf und sagte: „Komm mit, die Fürstin will dich sehen." Gwen folgte ihr. Als sie vor der Schlafzimmertür der Fürstin standen, klopfte sie kurz an, öffnete die Tür und schob Gwen hinein. Die Fürstin betrachtete sich in einem römischen Silberspiegel. Sie drehte sich um und sagte: „Du bist es Gwen, hilf mir mit der Frisur." Gwen trat näher und die Fürstin erklärte, wie die Frisur werden sollte. Gwen flocht ihr zwei Zöpfe und formte diese mithilfe von Nadeln und Seidenbändern zu einer turmartigen Frisur. Die Fürstin sah in ihren Spiegel und strich mit den Fingern über eine Stelle, an der die Silberschicht abgeplatzt war und die darunter befindliche Bronze sichtbar wurde. Sie sagte: „Alles verliert seinen Glanz und wofür?"

Sie stellte den Spiegel mit einer heftigen Bewegung auf den Tisch. Gwen wich zurück. Die Fürstin wandte sich ihr zu und sagte: „Du brauchst keine Angst zu haben. Du kannst nicht für das, was sie mit uns machen." Gwen wunderte sich. Die Fürstin sagte zu ihr: „Du kannst jetzt gehen und geh noch etwas nach draußen, du bist so blass." Gwen machte einen Knicks und ging. Draußen auf dem Hof fragte sich Gwen, was die Fürstin wohl hatte. Sie setzte sich in die Sonne, aber ihr wurde trotzdem kalt. Sie dachte an zu Hause, dort hätte sie sich ihren Mantel geholt. Hoffentlich kommt mein Bruder bald, dachte sie.

Gwen bemerkte, dass am Tor etwas vor sich ging. Ob ihr Bruder kam? Sie stellte sich an die Ecke der großen Halle und beobachtete das Tor. Es kam aber nur ein reitender Bote. Gwen versuchte zu verstehen, was er meldete. Sie verstand aber nur, dass in Kürze ein hochgestellter Besucher käme. Gwen ging zurück in das Küchenhaus, dort war es wenigstens warm. Im Küchenhaus herrschte große Geschäftigkeit, die Speisen für die Gäste wurden vorbereitet. Um nicht im Weg zu stehen, zog sich Gwen in ihre Ecke zurück. Spät am Abend erzählte Eudda Gwen, dass ein Gesandter des Königs Aethelfrith von Bernicia angekommen ist, um die Hand der Tochter des Fürsten anzuhalten. Am nächsten Morgen reisten die Gesandten wieder ab. Am Nachmittag rief die Fürstin Gwen zu sich. Sie ging mit ihr in einen Vorratsraum, in dem Heilkräuter lagerten. Die Fürstin zeigte Gwen verschiedene Kräuter und erklärte ihre Verwendung. Als sie den Vorratsraum wieder verlassen wollten, setzte sich die Fürstin plötzlich auf einen Sack und fuhr sich mit der Hand über das Gesicht. Gwen trat näher und fragte: „Ist euch schlecht?" Die Fürstin antwortete: „Ach Mädchen, es ist alles so sinnlos. Wir wissen so viel, man ehrt und huldigt uns. Wenn es aber darauf ankommt, müssen wir auf einen Kerl hören, der nur saufen und anderen den Schädel einschlagen kann." Gwen sah sie erstaunt an. Die Fürstin sagte: „Gwen vergiss es. Im Moment ist es für dich nicht wichtig. Eines Tages wirst du es verstehen."

Sie hielt Gwen die Hand hin und sagte: „Hilf mir auf!" Gwen ergriff ihre Hand und half ihr hoch. Die Fürstin ging voran und Gwen folgte ihr. Sie stiegen auf den Wall. Plötzlich stützte sich die Fürstin auf die Brustwehr. Gwen trat näher. Die Fürstin sah sie an und sagte: „Es ist schwer, aber ich muss darüber reden. Ich habe Angst." Die Fürstin machte eine weit ausholende Bewegung mit der Hand und sagte: „Von alldem nennt man mich Fürstin. Es kann aber schnell vorbei sein. Der Fürst erwartet einen Sohn und ich habe bisher nur Mädchen geboren. Vor drei Jahren das Letzte und seitdem bin ich nicht wieder schwanger geworden. Du weißt was das heißt?" Gwen fröstelte. Es war nicht nur vom Wind, der über den Wall pfiff. Gwen hatte gehört, dass sich Könige oder Fürsten in solchen Fällen eine neue Frau nahmen und die Bisherige musste weg, so oder so.

In diesem Moment hörten sie, dass jemand die Treppe zum Wall hoch rannte. Ein Mädchen in Gwens Alter und in vornehmer Kleidung kam den Wehrgang entlang gerannt. Als sie bei ihnen ankam, war sie völlig außer Atem. Die Fürstin sagte zu ihr: „Ich hatte dir befohlen, höfisches Benehmen zu üben." Das Mädchen antwortete: „So was langweiliges. Ist das dieses Mädchen?" Sie betrachtete Gwen neugierig. Die Fürstin sagte zornig: „Das ist Gwen Eiddyn und nicht;dieses Mädchen;. Gwen das ist meine Tochter. Vielleicht wird sie eines Tages eine Königin sein. Im Moment benimmt sie sich aber nicht so." Die Prinzessin sah trotzig zur Seite. Die Fürstin fuhr fort: „Du gehst jetzt wieder zum Haushofmeister und lernst, wie eine Prinzessin einer unbekannten Dame begegnet." Die Prinzessin trottete in Richtung Thronhalle. Die Fürstin sah ihr nach und sagte: „Sie wird bald heiraten, aber sie benimmt sich noch wie ein Kind." Gwen dachte an ihr eigenes Verhalten. Die Fürstin sagte: „Für heute ist es genug." Sie stiegen wieder vom Wall.

Als Gwen sich dem Küchenhaus näherte, hörte sie von drinnen Geschrei. Sie öffnete die Tür und ein übler Geruch strömte ihr entgegen. Sie hörte den Küchenmeister brüllen: „Wie kann man nur so dämlich sein, lässt das Essen anbrennen." Gwen ging hinein und wäre fast über Kries Kette gestolpert. Krie hielt ihr Kind im Arm und drückte sich, vor Angst zitternd an die Mauer. Der Küchenmeister schüttelte Eudda und schlug auf sie ein. Gwen ging zu ihm hin und sagte laut: „Hör damit auf!" Er drehte sich um und hob die Hand, ließ sie aber gleich wieder sinken und sagte: „Sei froh, dass dich die Fürstin beschützt." Dann wandte er sich Eudda zu und sagte: „Und du, mach den Kessel sauber!" Eudda schleppte den Kessel nach draußen. Gwen zog sich zunächst in ihre

Ecke zurück. Später beschloss sie, zu Krie zu gehen. Sie holte Kries Abendessen und ging zu ihr. Krie saß noch immer an der Wand.

Sie zitterte nicht mehr sondern stillte ihr Kind. Gwen sagte zu ihr: „Ich bringe dein Abendessen." Krie griff mit einer Hand nach der Schale und zog sie ruckartig an sich. Gwen setzte sich neben sie und sagte: „Ist das eigentlich ein Mädchen oder ein Junge?" Krie antwortete nicht. Gwen hatte an Kries Rock eine aufgerissene Naht entdeckt und fragte: „Soll ich dir die nähen?" Für einen Moment sah Gwen in Kries Augen. Gwen dachte, ein Blick wie ein verängstigtes Tier. In diesem Moment stand Eudda neben ihr und sagte: „Sie spricht nicht, nur mit dem Kind brabbelt sie manchmal. Versuch aber nie, das Kind zu berühren, sie wird dann wütend." Dann flüsterte sie Gwen ins Ohr: „Danke, dass du mich vor dem Küchenmeister gerettet hast. Ich befürchte, er wird dir das nicht vergessen." Gwen ging wieder an ihren Platz. Der Küchenmeister wollte das Haus verlassen und entdeckte die über seinen Weg liegende Kette. Er zerrte Krie zu sich heran und brüllte sie an: „Wie oft muss ich dir noch sagen, dass du nicht auf dieser Seite sitzen sollst. Beim nächsten Mal wirst du dich wundern!" Er ließ sie los und sie verkroch sich hinter der Mühle.

Die nächsten Tage verliefen ruhig. Die Fürstin ließ Gwen zu sich kommen und gab ihr Unterricht in Heilkunde. Doch dann geschah etwas, dass alles veränderte.

Es war spät am Abend. Der Küchenmeister war in den Weinkeller gegangen. Er nannte es: „Vorräte prüfen." In Wirklichkeit trank er heimlich. Als er wieder in das Küchenhaus kam, saß Krie wieder auf der falschen Seite der Tür und er stolperte über die Kette. Er brüllte Krie an: „Ich habe es dir oft genug gesagt. Heute reicht es mir!" Er zerrte sie an der Kette zu sich heran und ergriff den eisernen Ring um ihren Hals. Er brüllte: „So blöd bist du doch gar nicht! Du machst das nur, um mich zu ärgern!" Gwen hatte sich hingesetzt. Eudda griff nach ihrem Arm und sagte: „Sag nichts, es wird nur noch schlimmer." Gwen wandte sich ab. Sie konnte es nicht mit ansehen. Sie hörte ein Röcheln und dann einen schrecklichen Schrei. Gwen sah wieder hin. Der Küchenmeister hatte Krie das Kind entrissen. Er legte es am anderen Ende des Hauses auf den Fußboden. Krie wollte hin, aber die Kette war nicht so lang. Sie schrie und jammerte schrecklich. Gwen wollte aufspringen, aber Eudda hielt sie fest. Gwen brüllte wütend: „Dieses Schwein!" Eudda klammerte sich an sie und sagte: „Bitte bleib hier." Der Küchenmeister hatte einen Lederriemen ergriffen. Gwen hörte, das Reißen von Stoff und einen Schlag. Sie schüttelte Eudda ab und stürmte mit einem Schrei auf den Küchenmeister los. Sie sprang ihn an. Er wich zurück. In der Zwischenzeit waren die übrigen Mägde aufgestanden. Einige hielten Gwen zurück. Eine ältere Magd hatte das Kind aufgehoben und es Krie zurückgegeben. Krie verkroch sich hinter der Mühle. Der Küchenmeister wischte sich mit der Hand über das Gesicht und betrachtete dann das Blut auf seiner Hand. Er hatte einen Kratzer im Gesicht. Er sagte: „Dafür wirst du büßen. Der Fürst wird morgen darüber entscheiden."

Am nächsten Morgen wurde Gwen vor den Fürsten geführt. Man sah dem Fürsten an, dass es ihm nicht gefiel, so früh mit so etwas belästigt zu werden. Der Küchenmeister fing seine Klage an: „Sie hat mich angegriffen."

Der Fürst schaute missmutig zwischen Gwen und dem Küchenmeister hin und her. Der Küchenmeister sagte laut: „Sie hat mich verletzt." Dabei zeigte er auf den Kratzer in seinem Gesicht. Der Fürst lehnte sich nach vorn, als ob er den Kratzer schlecht erkennen könnte. Dann sagte er: „Wegen so etwas kommt ihr zu mir. Alle raus! Sie bleibt hier." Dabei zeigte er auf Gwen.

Die Übrigen verließen den Raum. Der Fürst war aufgestanden. Er ging auf Gwen zu und sagte: „Du hast Mut." Er trat näher und sagte: „Ich hätte es auch nicht anders erwartet." Dabei legte er die Hände um Gwens Taille. Dann sagte er: „Weißt du, was ich mit dir machen würde, wenn du eine gewöhnliche Magd wärst?" Seine Hände begannen an Gwens Körper nach oben zu tasten. Gwen wagte kaum zu atmen. Er sagte: „Ich würde dich nackt an einen Pfahl binden und dann auspeitschen lassen." Er betastete Gwens Brüste und hauchte: „Wie würde dir das gefallen?" In diesem Moment hörte Gwen, dass die Tür geöffnet wurde. Die Fürstin kam in Begleitung ihrer Zofe herein. Der Fürst trat einen Schritt zurück und die Fürstin sagte: „Es ist Brauch, dass die Hausherrin über Vergehen der Mägde entscheidet." Der Fürst ging drei Schritte, dann drehte er sich um und sagte: „Wenn es der Brauch ist."

Die Fürstin sagte zu ihrer Zofe: „Lauf zum Kämmerer und lass dir den Schlüssel für das leere Vorratshaus geben." Die Zofe verließ den Raum und die Fürstin sagte zu Gwen: „Komm mit." Gwen folgte der Fürstin bis zu dem Vorratshaus. Das Vorratshaus bestand aus einer großen Grube mit einem mit Stroh gedeckten Dach. Die Zofe brachte der Fürstin den Schlüssel. Sie schloss die

Tür auf, dann sagte sie: „Geh rein!" Gwen stieg die Stufen hinunter. Die Fürstin schloss die Tür ab und befestigte den Schlüssel an ihrem Gürtel.

Gwen war allein. Der Raum hatte keine Fenster, nur durch einige Ritzen in der Tür fiel etwas Licht. Gwen setzte sich auf den Fußboden. Es verging einige Zeit, dann wurde die Tür aufgeschlossen. Die Fürstin stieg zu Gwen hinunter. Gwen wollte aufstehen, aber die Fürstin sagte: „Bleib gleich unten. Knie dich hin." Gwen kniete in der Mitte des Raumes. Die Fürstin schimpfte: „Warum glaubst du, habe ich dich in das Küchenhaus geschickt? Damit er dich nicht anfasst. Du begreifst scheinbar überhaupt nichts. Machst einen Skandal wegen dieser." Die Fürstin winkte ab und stieg die Stufen hinauf. In der Tür drehte sie sich um und sagte: „Ich werde diese Krie oder wie ihr sie nennt bestrafen." Sie ging und die Tür wurde verschlossen. Gwen war verzweifelt, alles hätte sie ertragen nur nicht, dass jemand anderes wegen ihr leiden sollte. Sie saß in der Ecke, als sie ein leises Klopfen hörte. Sie ging zur Tür. „Wer ist da?", fragte sie. Durch eine der Ritzen kam Antwort: „Ich bin es, Eudda."

Gwen war froh, dass sie mit jemanden reden konnte. Sie fragte: „Was ist mit Krie?" Eudda antwortete: „Ich weiß nicht. Es ist merkwürdig. Die Fürstin hat erst angeordnet, dass sie Stockschläge kriegen sollte, aber dann hat sie sie in ihr Schlafzimmer bringen lassen." Gwen fragte: „In ihr Schlafzimmer?" Eudda antwortete: „Ja. Wir haben uns auch gewundert." Dann sagte Eudda: „Ich muss weg, die Fürstin." Gwen setzte sich in die hinterste Ecke des Vorratshauses. Die Tür wurde geöffnet. Ein Knecht führte Krie in den Raum. Er verließ den Raum. Eine Magd stellte einen Wasserkrug und eine Schale Haferbrei auf die Stufen. Die Zofe der Fürstin stellte einen Kasten daneben. Von der Tür her sah die Fürstin noch einmal in den Raum, dann drehte sie sich um und ging. Die Tür wurde wieder geschlossen. Gwen stand auf und sah in den Kasten. Er enthielt einige Fläschchen, Gwen öffnete eines und roch daran. Sie erkannte den Geruch sofort.

Die Fläschchen enthielten eine Flüssigkeit, die Träume verursachen sollte, in denen man die Zukunft sah. Die Fürstin hatte Gwen die Zusammensetzung verraten. Sie hatte sie aber auch gewarnt. Falsch angewendet verursacht sie schlimme Albträume. Gwen überlegte, sollte sie in die Zukunft sehen? Nein, sie war sich sicher, dass so etwas nicht gut war. Würde die Zukunft einem Glück bringen, wäre es egal. Würde sie schlecht, würde sich das Leid verdoppeln. Gwen blickte auf Krie. Durch eine Ritze schien ein Lichtstrahl auf sie. Krie wiegte leise summend ihr Kind. Gwen dachte, genau wie jede andere Mutter. Gwen überlegte, wenn diese Flüssigkeit die Zukunft offen legen kann, kann sie vielleicht auch die Vergangenheit zurückholen und dann würde Krie wieder eine ganz normale Frau. Jetzt glaubte Gwen, die Absicht der Fürstin durchschaut zu haben. Es sollte wohl eine Art Test sein, um ihre Fähigkeiten zu prüfen. Gwen überlegte wie sie Krie diese Flüssigkeit einflößen könnte. Gwen nahm die Breischale, aß die Hälfte und goss den Inhalt eines Fläschchens hinein und rührte um. Sie nahm die Schale und brachte sie zu Krie. Gwen sagte. „Hier ist dein Anteil."

Krie nahm die Schale und aß den Brei. Gwen hatte sich auf die andere Seite des Raumes zurückgezogen und wartete welche Wirkung eintreten würde. Krie saß an die

Wand gelehnt da. Gwen konnte beobachten, wie sie langsam einschlief. Sie begann seitlich umzusinken. Gwen befürchtete, dass sie sich auf das Kind legen könnte. Sie näherte sich ihr und nahm das Kind vorsichtig an sich. Dann ging sie wieder an ihren Platz. Krie schien zunächst ruhig zu schlafen und Gwen wäre beinahe selbst eingeschlafen. Doch sie wurde durch einen Schrei wieder geweckt. Krie wälzte sich hin und her und schrie: „Nein! Nein!" Gwen erschrak über das, was sie ausgelöst hatte. Krie stieß einen Schrei aus und erwachte. Sie tastete um sich. Gwen näherte sich ihr und sagte: „Hier hast du dein Kind." Krie nahm ihr Kind in den Arm. Gwen setzte sich neben sie. Krie legte ihren Kopf an Gwens Schulter. Gwen war überrascht und sagte. „Es wird alles wieder gut Krie." Dabei strich sie Krie die schweißnassen Haare aus dem Gesicht. Krie sagte stockend: „Ich heiße nicht so." Gwen streichelte Krie und fragte: „Wie heißt du?" Krie presste hervor: „Arddu." Gwen legte den Arm um Arddu und sagte: „Siehst du, jetzt hast du deinen Namen wieder."

Am nächsten Morgen erwachte Gwen. Die Tür wurde geöffnet. Das hereinfallende Licht blendete Gwen. Sie konnte nicht erkennen, wer an der Tür war. Sie hörte, wie eine Schale auf die Treppe gestellt wurde. Die Tür schloss sich wieder und Gwen stand auf, um sich die Schale zu holen. Als sie zurück kam, war Arddu erwacht und stillte ihr Kind. Gwen sagte: „Guten Morgen Arddu." Arddu antwortete: „Guten Morgen." Gwen setzte sich und fing an, Brei zu essen. Später sagte sie: „Sag mal Arddu. Wie heißt eigentlich dein Kind?"

    Arddu zögerte, dann sagte sie: „Brior nach seinem Großvater." „Ein schöner Name", sagte Gwen. In diesem

Moment wurde die Tür geöffnet und ein Knecht stieg in den Vorratsraum hinunter. Er sagte: „Los kommt raus!" Gwen und Arddu gingen auf den Hof. Auf dem Hof stand die Fürstin. Sie zeigte auf Arddu und sagte: „Hier steht noch eine Strafe aus. Bringe sie in den vorderen Burghof. Sie bekommt zwanzig Stockschläge." In diesem Moment fiel Gwen vor der Fürstin auf die Knie und sagte: „Nein bitte nicht. Wenn ihr sie schlagen lasst war alles umsonst! Sie spricht, sie heißt Arddu. Wenn ihr jemanden bestrafen müsst, nehmt mich, aber lasst sie." Die Fürstin sah Gwen erstaunt an und wandte sich dann an Arddu: „Du heißt Arddu?" Arddu sah Gwen Hilfe suchend an. Gwen nickte ihr zu. Arddu nickte und sagte leise: „Ja." Die Fürstin zögerte einen Moment, dann sagte sie: „Wenn du Arddu bist, kannst du natürlich nicht die Strafe bekommen, die für Krie bestimmt war." Sie wandte sich an den Knecht und sagte: „Sie kann sich da hinten hinsetzen. Bleibe aber bei ihr." Dann sagte sie: „ Gwen. Du kommst mit mir: „Sie gingen ins Schlafzimmer der Fürstin. Sie fragte: „Hast du wirklich geglaubt, ich würde dich als Ersatz für sie bestrafen?" Gwen zögerte mit der Antwort. Die Fürstin drehte sich um und fing an zu lachen. Sie sagte: „Soweit kommt es noch. Ein Edelfräulein und Stockschläge auf dem Hof. Mit dir nimmt es entweder ein schlimmes Ende oder du wirst etwas sehr Großes." Gwen war erleichtert.

Die Fürstin fragte: „Sage mir bitte, wie hast du diese Arddu zum Sprechen gebracht?" Gwen antwortete: „Diese Fläschchen, die sie mir gegeben haben." Die Fürstin hob erstaunt die Hand zum Mund und sagte: „Dafür hatte ich sie dir nicht gegeben. Es ist aber interessant, wie es wirkt.

Ich werde es mir merken." Gwen war stolz auf sich. Die Fürstin sagte: „Nun zu dir. Wir werden dich hier nebenan unterbringen. Du riegelst von innen zu. Von außen kann ich die Tür mit einem Schlüssel öffnen."

Die nächsten zwei Tage wurden für Gwen ziemlich langweilig. Die Fürstin hatte ihr etwas zum Sticken gegeben und war auch selber einige Zeit in die Kammer gekommen. Nur ständig in der engen Kammer zu sitzen, war nichts für Gwen.

*Am dritten Tag*

Gwen hatte gerade ihr Frühstück beendet als die Zofe der Fürstin herein kam und sagte: „Du musst in die Thronhalle." Gwen stand auf. Ihr wurde bewusst wie schäbig ihre Kleidung aussah. Daran konnte sie jetzt nichts ändern und so strich sie nur ihre Haare glatt. Gwen betrat die Thronhalle. Dem Fürsten gegenüber saß ihr Bruder Cynon. Gwen wäre am liebsten zu ihm gelaufen, aber die Zofe hielt sie am Rock zurück. Die Männer nahmen scheinbar keine Notiz von Gwen. Neben dem Fürsten saß die Fürstin. Sie sah mit gleichgültiger Miene auf die beiden Männer. Cynon hielt einen Lederbeutel hin und sagte: „Dieses Silber gebe ich dir für die Freilassung meiner Schwester, wenn sie unversehrt ist." Der Fürst antwortete: „Sie ist unversehrt." Cynon antwortete: „Ich will es von ihr selbst hören." Gwen antwortete: „Mit mir ist alles in Ordnung." Cynon stellte den Lederbeutel neben sein rechtes Bein. Der Kämmerer nahm den Beutel, öffnete ihn und begann das Sammelsurium aus alten Münzen und Bruchstücken von Schmuck zu prüfen. Nach einiger

Zeit sah er den Fürsten an und nickte zustimmend. Der Fürst sagte: „Es ist in Ordnung. Du und deine Schwester, wollt ihr heute Abend meine Gäste sein?"

Cynon antwortete: „Verzeiht, aber wir haben noch einen weiten Weg und ich will heute noch ein Stück vorankommen. Wenn meine Schwester sich jedoch vorher standesgemäß kleiden könnte." Er wies auf ein neben ihm stehendes Bündel. Die Fürstin sagte zu ihrer Zofe: „Hilf ihr beim Umkleiden." Die Zofe nahm das Bündel und Gwen verließ mit ihr die Halle. In der Kammer half die Zofe Gwen beim Anziehen der von ihrem Bruder mitgebrachten Sachen. Gwen fühlte sich ganz anders in ihrem braunen Kleid mit den Perlenstickereien, ihrem roten Mantel und den Reitstiefeln. In diesem Moment betrat die Fürstin die Kammer. Sie trat an Gwen heran und sagte: „Ich möchte dir zum Abschied ein Geschenk machen. Nimm Arddu mit. Sie scheint recht geschickt zu sein und wäre sicher eine gute Zofe." Gwen war überrascht und antwortete: „Aber das geht doch nicht." Die Fürstin sagte: „Nimm sie ruhig mit. Ohne dich wäre sie nichts." Gwen bedankte sich und verabschiedete sich von der Fürstin. An der Tür der Thronhalle traf sie ihren Bruder. Sie traten gemeinsam auf den Hof. Gwen wunderte sich. Da war nur ein Knecht, der zwei Pferde hielt und Arddu. Gwen sagte zu Cynon: „Du bist allein gekommen?" Cynon antwortete: „Wer sollte mit mir kommen? Deine Mutter braucht jeden, der eine Waffe tragen kann, um die Burg zu bewachen."

Cynon half Gwen auf das Pferd. Er stieg auf sein Pferd, sah kurz auf Arddu und sagte: „Mit der werden wir nur langsam vorankommen." Gwen blickte Arddu an. Arrdu hatte sich ihr Kind mit einem Tuch auf den Rücken gebunden und trug ein in eine Decke gewickeltes Bündel bei sich. Gwen sagte: „Wenn sie nicht mehr laufen kann, werde ich mit ihr tauschen."Cynon lenkte sein Pferd neben Gwen und sagte: „Das wirst du nicht tun! Eine Frau aus dem Hause Eiddyn geht nicht zu Fuß, wenn ihre Magd reitet." Gwen schwieg. Sie wusste, dass es keinen Sinn hatte, ihrem Bruder zu widersprechen. Cynon ritt in Richtung des Tores. Gwen wandte sich an Arddu: „Gib mir dein Bündel." Gwen nahm das Bündel und hängte es an ihren Sattel, dann folgte sie ihrem Bruder. Das Tor wurde vor ihnen geöffnet und sie ritten in Richtung Norden. Gwen drehte sich öfter um, um nach Arddu zu sehen. Nach dem ersten Tag merkte sie, dass es Arddu scheinbar weniger anstrengte als sie gedacht hatte.

Gwen saß am Lagerfeuer und beobachtete Arddu. Arddu beschäftigte sich mit ihrem Kind, dann bemerkte sie, dass Gwen sie ansah. Sie lächelte zurück und zog ihre Decke fester um ihre Schultern. Gwen überlegte, welches Recht habe ich eigentlich, Arddu zu besitzen? Ich kann sie nicht freilassen, sie gehört nirgends hin, niemand würde sie beschützen und doch war es unangenehm. Gwen hatte vor einigen Tagen selbst erlebt, was es hieß, der Willkür anderer ausgeliefert zu sein. Gwen nahm sich vor, Arddu nicht wie eine Sklavin zu behandeln. In diesem Moment riss sie ein Geräusch aus ihren Überlegungen. Sie griff nach dem Dolch, den ihr Bruder ihr gegeben hatte und lauschte in die Dunkelheit. Sie hörte einen Pfiff und atmete auf. Es war nur ihr Bruder, der zurück kam. Er setzte sich neben Gwen an das Feuer und sagte: „In weitem Umkreis scheint niemand zu sein." Am nächsten Morgen zogen sie weiter. Als sie gerade eine Hügelkette überquerten, kam ihnen eine Gruppe Krieger entgegen, die eine Sänfte begleiteten. Sie bemerkten sich etwa gleichzeitig. Cynon beobachtete sie eine Weile, dann drehte er seinen Speer um, zog ein Tuch aus seiner Satteltasche und band es an den Speer. Er sagte zu Gwen: „Bleib hier bis ich dir zuwinke." Dann ritt er auf die Fremden zu. Von dort kamen zwei Reiter. Sie hielten in einigem Abstand von Cynon an und sprachen mit ihm. Ihr Bruder drehte sich um und winkte Gwen zu sich. Er folgte den beiden Fremden den Hügel hinauf. Bis sie bei der Sänfte ankamen. Gwen sagte zu Arddu: „Du kommst nach." Sie ließ ihr Pferd den Hügel hinauf galoppieren. Oben angekommen hielt sie an und betrachtete die fremden Krieger. Sie sahen anders aus als es Gwen gewohnt war. Sie trugen einheitlich hellblaue Schilde und auf ihren Mänteln war ein hellblauer Streifen Stoff aufgenäht. Einer der Krieger hielt Gwens Pferd und sie stieg ab. Ihr Bruder stand neben der Sänfte. Als Gwen näher getreten war, sagte ihr Bruder: „Das ist Nimue die Tochter Taliesins und das ist meine Schwester Gwen." Sie betrachtete Nimue, sie war nicht mehr ganz jung, aber irgendwie beeindruckend. Nimue sprach Gwen an: „Du bist also Gwen, die nach den Geheimnissen fragt."

Gwen verschlug es die Sprache, woher wusste sie? Nimue sprach weiter: „Ich finde es gut, dass du dich dafür interessierst. Ich werde dich einmal zu mir kommen lassen und wir werden sehen, ob du mehr erfahren kannst." Gwen war begeistert und sagte: „Wird das bald sein?" Nimue antwortete: „ Ich werde dich holen lassen, wenn es Zeit ist und wenn deine Familie es will." In der Zwischenzeit war Arddu herangekommen. Nimue fragte

Gwen: „Ist das deine Dienerin?" Gwen antwortete: „Ja, sie heißt Arddu." Nimue sagte: „Sie soll näher treten." Arddu kam näher. Nimue fragte sie: „Zeigst du mir dein Kind?" Arddu zögerte und sah Gwen an. Gwen sagte zu ihr: „Gib ihr Brior, du brauchst keine Angst zu haben." Arddu gab das Kind Nimue. Nimue wickelte es aus den Tüchern und betrachtete seinen Körper. Sie sagte: „Ich sah schon einige Kinder, die die Zeichen hatten, aber noch keines unter diesen Umständen." Sie gab Brior an Arddu zurück und sagte: „Gib gut auf ihn acht." Sie verabschiedeten sich. Cynon half Gwen auf das Pferd und die Träger nahmen Nimues Sänfte auf. Als sie sich ein Stück voneinander entfernt hatten, ritt Cynon neben Arddu und sah auf sie hinunter, dann sagte er: „Nimue wird wohl langsam wunderlich. Was soll an diesem Trampel und seinem Balg besonderes sein?" Gwen war wütend. Sie lenkte ihr Pferd zwischen die beiden und sagte zu ihrem Bruder: „Lass sie in Ruhe!"

Einige Tage später lag Caer Eiddyn vor ihnen. Sie näherten sich der Burg. Die Wachen auf dem Wall hatten sie bemerkt und als sie am Tor ankamen, war es bereits geöffnet. Die Krieger jubelten Cynon zu, als ob er einen großen Sieg errungen hätte.

Cynon half seiner Schwester vom Pferd. Aus der großen Halle kam Gwens Mutter. Gwen ging auf sie zu und fiel ihr um den Hals. Sie sagte zu Gwen: „Gut, dass du wieder hier bist. Ich habe mir solche Sorgen gemacht. Sie führte Gwen in die Halle. Gwen setzte sich auf eine gepolsterte Bank. Ihre Mutter gab Anweisung, für Gwen etwas zu essen zu bringen. Sie setzte sich neben Gwen und fragte sie: „Mit dir ist doch wirklich alles in Ordnung?" Gwen antwortete: „Mit mir ist alles in Ordnung, nur die Reise war anstrengend." Gwen bekam von den ihr vorgesetzten Speisen kaum etwas herunter. Arddu kam in die Halle. Gwens Mutter fragte: „Wer ist denn das?" Gwen antwortete: „Das ist meine Zofe. Sie heißt Arddu." Gwens Mutter stand auf, ging zu Arddu. Ging um sie herum und betrachtete sie von allen Seiten. Sie setzte sich wieder und sagte: „Eine gute Figur hat sie, aber du musst sie neu einkleiden. Die Sachen, die sie anhat, sind ja schrecklich."

Gwens Mutter gab Anweisung, für Gwen ein heißes Bad vorzubereiten. Sie sagte zu einer Frau: „Du hilfst ihr beim Baden und prüfe, ob alles noch in Ordnung ist." Gwen sah die Frau an, sie kannte sie, es war die Hebamme. Gwen überlegte, wozu brauche ich beim Baden eine Hebamme? Ein vernünftiger Grund viel Gwen nicht gleich ein. Der Badezuber war in der Küche aufgestellt worden. Das Wasser dampfte und Gwen war mit der Hebamme und zwei Mägden allein. Die Mägde halfen Gwen beim Ausziehen. Als Gwen nackt war, trat die Hebamme näher. Sie sagte: „Nun Mädchen, lass mich mal nachsehen." Jetzt wurde Gwen klar, wozu die Hebamme hier war. Gwen sagte: „Du brauchst nicht nachsehen. Es ist nichts vorgefallen, was etwas verändert hätte." Die Hebamme antwortete: „Deine Mutter wünscht es. Komm schon, es tut doch nicht weh." Gwen sagte: „Nein, mein Wort genügt!" Sie stieg in den Badezuber. Die Hebamme zog sich in eine Ecke zurück, in der Hoffnung, Gwen könnte es sich nach dem Bad anders überlegen.

Nach einiger Zeit stieg Gwen wieder aus dem Wasser. Sie hüllte sich in das von den Mägden bereit gehaltene

Tuch und rannte aus der Küche zu ihrer Schlafkammer. Sie schloss die Tür. Sie drehte sich um und Arddu stand vor ihr. Gwen sagte: „Du hast mich vielleicht erschreckt. Was machst du denn hier?" Arddu antwortete: „Man hat mir gesagt, ich sollte hier auf meine Herrin warten." Gwen sagte: „Ist gut. Ich muss mir etwas anziehen und dann suchen wir einen Schlafplatz für dich."

Gwen öffnete eine Truhe. Sie entnahm ihr verschiedene Kleidungsstücke, darunter einen grauen Trägerrock. Gwen hatte gerade ihr Hemd angezogen, als die Tür aufging.

Gwens Mutter kam herein und sagte zu Arddu: „Mach das du raus kommst!" Arddu verließ den Raum. Gwens Mutter sagte: „ Warum machst du so was? Du weißt doch, dass es Probleme mit einer Heirat gibt, wenn du nicht mehr Jungfrau bist." Gwen antwortete: „Ich bin noch Jungfrau und wenn ich das sage, genügt das!" Ihre Mutter sagte: „Dein Wort wird nicht genügen." Gwen erwiderte: „Die meinem Wort nicht glauben, werden deiner Hebamme schon gar nicht glauben!" Gwens Mutter setzte sich auf das Bett und sagte: „Du hast ja recht, aber was sollen wir machen?"

Gwen antwortete: „Alles lassen wie es ist und Hoffnung haben." In diesem Moment hörten sie aus einer Ecke ein leises Wimmern. Es war Arddus Kind. Sie hatte es in einer Ecke auf ihrer Decke abgelegt. Gwen hob es auf. Ihre Mutter sah es an und Gwen sagte: „Er heißt Brior." „Ein hübsches Kerlchen." Sagte ihre Mutter. Gwen sagte: „Was auch kommen wird. Was passiert ist, ist passiert." Sie legte Brior zurück auf die Decke. Ihre Mutter sagte:

„Zieh dich erst einmal an. Ich schicke dir deine Zofe." Sie öffnete die Tür und ging. Einen kurzen Moment später kam Arddu herein. Sie half Gwen beim Anziehen. Gwen holte ihre neuen Schuhe aus der Truhe. Sie setzte sich auf ihr Bett und sagte zu Arddu: „Hilf mir mal mit den Schnürsenkeln." Arddu hatte Gwen den einen Schuh angezogen und zugebunden, als Gwen sie fragte: „Sieh dir mal den Stoff meines Rockes an. Wäre so ein Stoff nicht etwas für dich?"

Arddu sah Gwen erstaunt an und nickte dann. Gwen sagte: „Zieh mir mal den zweiten Schuh an. Wir sehen dann nach, ob noch genug von dem grauen Stoff für dich da ist." Sie gingen in einen neben Gwens Schlafkammer gelegenen Raum. Dieser Raum diente zur Aufbewahrung von Kleidung und anderen Textilien. Gwen sagte zu Arddu: Hier wirst du schlafen. Ich lasse eine der Truhen hinaus schaffen und die Handwerker werden für dich ein Bett anfertigen." Gwen sah Arddu an. Arddus Augen strahlten, aber ihre Körperhaltung verriet ihre Zweifel. Gwen öffnete eine der Truhen. Sie zog einen Ballen grauen Stoff hervor, rollte ein Stück ab und hielt es an Arddus Körper. Sie sagte: „Der sieht wirklich gut aus. Nimm den Ballen mit in die große Halle, da ist mehr Platz." Gwen holte noch einen Ballen gebleichte Leinwand und ihren Nähkasten. Sie brachte den Nähkasten in die große Halle. Gwen wollte Arddu beim Nähen helfen. Sie musste jedoch feststellen, dass ihre Fähigkeiten nicht an die von Arddu heranreichten. Sie fragte: „Wo hast du so gut nähen gelernt Arddu?"

Arddu antwortete: „Zu Hause." Sie senkte ihren Blick wieder auf ihre Arbeit. Gwen fragte weiter: „War es dort schön?" Arddu antwortete: „Ja, es war." Gwen frag-

te: „Willst du dorthin zurück?" Arddu sagte: „Nein."
Gwen wunderte sich und fragte weiter: „Warum denn
nicht?" Arddu fing an zu weinen und presste hervor:
„Weil es nicht mehr existiert." Gwen wollte Arddu beruhigen und setzte sich neben sie. Gwen sagte zu ihr:
„Wir müssen nicht weiter davon reden. Hör erst einmal mit der Arbeit auf und ruh dich aus, morgen ist
auch noch ein Tag."

Gwen war auf den Wall gestiegen und beobachtete den
Sonnenuntergang. Sie dachte nach, was würde werden,
wenn die Krieger ihres Bruders nicht erfolgreich wären?
Was wird, wenn der Feind eines Tages vor der Burg stände? Es musste doch einen Weg geben, den Frieden, wie
er früher herrschte, wieder herzustellen. Sie wäre bereit,
dafür alles zu geben. Nur sie wusste keinen Weg.

Einige Zeit später. Gwen saß in ihrer Kammer und überlegte, ob sie an ihrem neuen Kleid eine bestickte Borte
anbringen sollte. Arddu kam herein, sie schien sehr aufgeregt zu sein. Gwen fragte sie: „Was ist denn los?" Arddu antwortete: „ Die Männer mit den blauen Schilden
sind da. Sie sprechen mit deiner Mutter." Gwen stand
auf. Endlich war es soweit. Die Boten von Nimue waren
gekommen. Gwen überlegte, ob sie ein anderes Kleid
anziehen sollte. Sie wollte aber so schnell wie möglich
erfahren, ob sie zu Nimue reisen durfte und so ging sie
gleich in die Halle. Gwen betrat die Halle. Der Bote und
ihr Bruder erhoben sich. Ihr Bruder sagte: „Das ist meine Schwester Gwen." Der Bote verneigte sich und sagte:
„Ich bin Duncan der Hauptmann der Garde der Hohen
Priesterin."

Gwen war erstaunt. Sie hatte Nimue für irgendeine hohe Dame gehalten. Duncan sagte weiter: „Ich habe eine Botschaft meiner Herrin an dich. Meine Herrin wünscht, dass du zu ihr kommst. Du sollst auch eine gewisse Arddu und ihr Kind mitbringen." Gwen sah ihre Mutter an. Ihre Mutter sagte: „Meine Tochter wird morgen früh bereit sein für die Reise." Dann wandte sie sich an Gwen: „Du darfst dich zurückziehen." Gwen verließ die Halle. Sie kam in ihre Kammer und sagte zu Arddu: „Wir werden reisen!" Arddu sah sie erstaunt an. Gwen sagte: „Du und dein Brior, ihr kommt mit." Arddu verzog das Gesicht und sagte: „Bitte, ich möchte hier bleiben." Gwen legte die Arme um Arddu und sagte: „Nimue hat dich ausdrücklich eingeladen und nun pack ein was ihr unterwegs braucht." Gwen öffnete ihre Truhe. Sie suchte ihre Kleidung für die Reise zusammen. Arddu ging nach nebenan und holte aus den Truhen Windeln und ein Fuchsfell, um Brior während der Reise warm zu halten. Auch andere waren mit Vorbereitungen beschäftigt. Gwens Mutter ließ vom Sattler eine Art Ledertasche anfertigen, in der Brior die Reise antreten sollte.

Am Abend saß Gwen mit ihrer Familie und Duncan in der Halle. Am oberen Teil der Tafel saß Gwen mit ihrer Mutter und ihrem Bruder. Duncan saß als Ehrengast neben Gwens Mutter. Die vier Krieger, die Duncan begleiteten, und die Gefolgsleute ihres Bruders saßen sich am unteren Teil der Tafel gegenüber. Nach dem Essen versuchte Gwen etwas über ihr Reiseziel zu erfahren, aber Duncan war nicht sehr gesprächig.

Die Krieger erzählten ihre Abenteuer und je später der Abend wurde, umso verwegener wurden ihre angeblichen Kämpfe.

Am nächsten Morgen verabschiedete sich Gwen von ihrer Mutter und ihrem Bruder. Gwen ritt ihr eigenes Pferd. Auf einem Maultier saß Arddu mit Brior. Ein weiteres Maultier trug ein Zelt für Gwen und ein drittes den Proviant. Sie brachen auf. Gwen war sich bewusst, dass es der Weg in ein anderes Leben war. Sie waren bereits eine ganze Strecke geritten, als Gwen beschloss, mit Duncan zu reden. Sie trieb ihr Pferd an, um neben ihn zu kommen. Gwen fragte ihn: „Ist Nimue die Hohe Priesterin?" Duncan antwortete: „Die amtierende Hohe Priesterin. Die wirkliche hohe Priesterin hat besseres zu tun." Gwen wunderte sich und fragte: „Ist es ein Geheimnis oder darf ich fragen, was sie besseres zu tun hat?" Duncan antwortete: „Es ist kein Geheimnis. Sie versäumt ihre Pflicht." Gwen wagte nicht weiter zu fragen. Duncan war es auch lieber, von diesem Thema abzukommen. Er sagte: „Wenn wir weiter so gut vorankommen, sind wir in drei Tagen da."

Drei Tage später ritten sie über eine von kleinen Strauchgruppen übersäte Ebene. Duncan ließ anhalten. Er blies in sein Horn. Nach einer Weile kam aus einem der Gebüsche Antwort. Plötzlich stand mitten auf dem Weg ein mit einem Bogen bewaffneter Mann. Gwen wusste nicht, wo er so plötzlich herkam. Duncan ritt näher an ihn heran. Sie wechselten einige Worte und Duncan ließ die Kolonne weiter ziehen. Sie kamen in die Siedlung, in der die Gardekrieger lebten. Die Siedlung war von einer Palisade umgeben und wäre nicht der große Pferdestall in der Mitte gewesen, hätte man sie für ein ganz normales Dorf halten können. Sie hielten in der Nähe des Pferdestalls an. Duncan half Gwen vom Pferd. Gwen wurde in eines der Häuser geführt und erhielt etwas zu essen. Nach einer Weile kam ein Mann und sagte: „Wir sind jetzt so weit. Wir können übersetzen." Der Mann ging mit Gwen zur Anlegestelle. Arddu saß bereits im Boot und hielt die Tasche mit Brior auf dem Schoß. Gwen setzte sich neben sie. Der Mann, der Gwen begleitet hatte, löste die hintere Leine und einer der Ruderer tat das Gleiche am Bug. Der Mann stellte sich an das Steuerruder und sagte: „Und los!" Die vier Ruderer begannen ihre Arbeit und das Boot entfernte sich rasch vom Ufer.

Nach kurzer Fahrt erblickten sie die Insel. Sie schien von kegelförmiger Gestalt zu sein. Das Boot glitt an den Anlegesteg. Gwen hatte erwartet, hier empfangen zu werden, aber es war niemand da. Der Steuermann zeigte in Richtung des Inselinneren und sagte: „Folge einfach dem Pfad. Du kannst es nicht verfehlen." Gwen ging los und Arddu folgte ihr. Sie liefen eine ganze Weile. Gwen musste feststellen, dass die Insel größer war als sie annahm. Sie hatten die Anlegestelle bereits aus den Augen verloren, als sie eine Frau sahen.

Gwen fröstelte bei ihrem Anblick. Sie hatte offenbar, trotz des schon recht kühlen Wetters, im See gebadet. Ihre Haare hingen nass herunter. Sie trug eine Decke um die Schultern, die ihre Nacktheit kaum verhüllte. Die Frau ging auf Gwen zu und sah sie von der Seite an, dann sagte sie: „Du bist neu." Sie ging zu Arddu, sah auf Brior und sagte: „Und das ist er!" Sie kicherte und rannte über die Wiese davon. Gwen sah ihr nach, bis sie hinter einem Gebüsch verschwand. Gwen sagte zu Arddu: „Ob das hier so üblich ist?" Sie gingen weiter. Als sie das Heiligtum erreichten, sahen sie zunächst niemanden. Das

Heiligtum war von einem niedrigen Wall mit Palisaden umgeben. Als Gwen und Arddu durch das Tor traten, sahen sie, warum sie niemand abgeholt hatte. Alle schienen mit der Apfelernte beschäftigt zu sein. Gwen sah eine größere Anzahl Mädchen, die Körbe mit Äpfeln durch ein anderes Tor in den Hof trugen. Die Mädchen trugen einheitliche Kleider. Gwen beobachtete das Treiben eine Weile. Eine Frau kam auf sie zu, sie war ganz normal gekleidet, trug aber eine Art kurzen blauen Mantel um die Schultern. Sie sagte zu Gwen: „Ich bin Gwenaseth, die vierte Priesterin des Heiligtums. Es tut mir leid, dass wir dich nicht abgeholt haben, aber du siehst ja selbst, dass wir viel zu tun haben." Gwen antwortete: „Ich bin Gwen Eiddyn, Nimue hat mich eingeladen." Gwenaseth sagte: „Ja, Nimue wünscht, dass du Schülerin des Heiligtums wirst." Gwen war erstaunt. Schülerin des Heiligtums, das war mehr als Gwen erwartet hatte. Es war die Möglichkeit Dinge zu erfahren, von denen andere nicht einmal etwas ahnten. Gwenaseth rief eines der Mädchen zu sich und sagte zu Gwen: „Das ist Nella, sie wird dir deinen Schlafplatz zeigen. Ich komme später noch einmal zu dir. Jetzt kümmere ich mich erst einmal um Arddu." Nella ging mit Gwen zu einem großen Haus. Sie fragte: „Wie heißt du?" Gwen antwortete: „Gwen Eiddyn." Nella sagte: „Ich heiße einfach Nella. Wir verwenden unsere Familiennamen nicht, weil wir hier alle gleich sind." Sie traten in das Haus. Darin standen in mehreren Reihen Betten. Nella führte Gwen zu einem der Betten und sagte: „Hier wirst du schlafen. Ich muss jetzt wieder raus." Auf dem Bett lag ein Kleid, wie es die anderen Mädchen trugen. Gwen zog es an. Als sie an sich herunter sah, musste sie lachen, das Kleid war viel zu kurz. Es reichte ihr gerade bis zum Knie, sie sah aus, wie ein zu groß geratenes kleines Mädchen. In diesem Moment kam Gwenaseth herein. Sie musste auch schmunzeln als sie Gwen sah und sagte: „Wir werden da noch ein anderes für dich finden. Ich habe bemerkt, dass du erstaunt darüber bist Schülerin des Heiligtums zu werden. Willst du es etwa nicht?" Gwen antwortete: „Ja, ich möchte sehr gerne, aber es kommt so überraschend. Mir hatte keiner etwas gesagt."

Gwenaseth sagte: „Das ist nicht schön, aber da du selbst hier bleiben willst, ist es kein Problem. Unsere Schülerinnen bleiben neun Monate hier. Du hältst dich am besten an Nella. Sie wird dir sagen wie unser Leben hier abläuft. Wenn du Sorgen hast, kannst du immer zu mir kommen. Hast du noch Fragen?" Gwen sagte: „Ja, als wir von der Anlegestelle kamen, war da eine Frau, sie war fast nackt." Gwenaseth sagte: „Oh, hat sie es schon wieder gemacht. Das ist Siann, sie tut manchmal seltsame Dinge. Du musst aber keine Angst vor ihr haben." Gwen hatte von solchen Dingen gehört, ein wenig unheimlich war ihr es dennoch. Gwenaseth sagte weiter: „Du kannst dich jetzt ausruhen, oder du gehst noch ein wenig raus." Gwenaseth ging und Gwen beschloss, ihr neues Zuhause zu erforschen. Innerhalb des Walles standen Gebäude von verschiedener Größe. Da war zunächst das Wohnhaus für die Schülerinnen, ihm gegenüber stand das größte Gebäude, eine Halle von gewaltigen Ausmaßen, sie enthielt die Küche und diente als Speise- und Versammlungshaus. Für die Priesterinnen gab es jeweils ein kleines rundes Haus, insgesamt neun. Dann waren da noch Vorratshäuser und Werkstätten sowie das eigentliche Heiligtum. Es stand ganz am Ende des großen Innenhofes und eine Wand aus riesigen Holzbalken verwehrte jeden Einblick. Das Tor an der Vorderseite war mit mehreren Reihen Silberplatten beschlagen. Auf jeder dieser Platten war ein menschlicher Kopf abgebildet. Gwen überlegte, wo Arddu wohl war. Sie hörte ein leises Geschrei, das konnte nur Brior sein.

Gwen folgte dem Geräusch und gelangte in die große Halle. Rechts vom Eingang war eine Trennwand. Gwen sah der Wand an, dass sie erst vor kurzer Zeit errichtet worden war. Gwen klopfte an der Tür. Das Weinen wurde heftiger. Die Tür öffnete sich und Arddu stand vor Gwen. Arddu sagte: „Es tut mir leid, sonst hat er nie so lange geweint." Gwen antwortete: „Das ist doch nicht so schlimm." Gwen trat ein. Den Raum hätte man leicht für das Schlafzimmer einer Königin halten können. Alle Einrichtungsgegenstände waren neu, groß und von hervorragender Qualität. Vor allem das Kinderbett zog Gwen an, es war prachtvoll mit Schnitzereien verziert und man sah, dass hier der Mittelpunkt des Raumes war. Gwen betrachtete die Schnitzereien. Durch das geschnitzte Flechtband wand sich ein Drache. Gwen wunderte sich. Der Drache war ein königliches Symbol. Sehr seltsam dachte Gwen. Sie drehte sich um. Arddu saß etwas verloren auf dem Bett und wiegte Brior. Gwen sagte: „Du hast es schön hier." Arddu antwortete: „Ja." Ihr Gesicht verriet, dass der plötzliche Luxus ihr unheimlich war. In diesem Moment betraten zwei Mädchen den Raum. Sie brachten das Essen für Arddu. Eines der Mädchen sagte zu Gwen: „Du kannst auch essen gehen." Gwen verließ den Raum. In der großen Halle versammelten sich gerade die übrigen Schülerinnen zum Essen. Nella winkte Gwen zu und Gwen ging zu ihr hin. Nella sagte: „Setz dich neben mich." Gwen setzte sich und ihr wur-

de genau wie den anderen ein Teller Gemüsesuppe vorgesetzt. Gwen hatte Siann entdeckt, sie trug jetzt ein Kleid wie die anderen Mädchen, nur dass es schmutzig und etwas ausgefranst war. Das Mädchen, das die Suppe austeilte, hatte offenbar Angst vor ihr und hielt ihr den Suppenteller mit ausgestrecktem Arm hin. Siann nahm den Teller und ging nach draußen. Gwen konnte durch die geöffnete Tür sehen, dass sie sich mitten auf den Hof setzte. Gwen aß ihre Suppe und beobachtete nebenbei Siann. Siann hatte ihren Teller leer gegessen und leckte ihn ab, dann stellte sie ihn neben sich und legte sich auf den Rücken, um die Wolken zu beobachten.
Für Gwen begann am nächsten Morgen, ihr neuer Alltag. Sie wurde, von nun an, zu verschiedenen Arbeiten eingeteilt und sie erhielt Unterricht. Zunächst hieß das, dass sie endlose Sprüche über die Entstehung und Entwicklung der Welt auswendig lernen musste. Manchmal beneidete Gwen Arddu. Sie musste sich nichts von alledem einprägen, ganz im Gegenteil. Die Priesterinnen achteten darauf, dass sie von dem, was die Schülerinnen lernten, möglichst nichts mitbekam. Arddu war meist damit beschäftigt, Wandbehänge zu besticken.

Gwen war zu ihr gegangen und betrachtete die halbfertige Darstellung eines Reiters. Gwen sagte: „Es ist wunderschön." Arddu strich über den Stoff und sagte: „Ja, es ist wunderschön, wie früher. Es gab Leute, die gaben viel für meine Sachen." Gwen war erstaunt, Arddu hatte noch nie so ruhig, über ihre Vergangenheit geredet. Arddu fuhr fort: „Einmal hat mir einer eine silberne Halskette gegeben." Sie tastete an ihrem Hals entlang, doch dann verzog sie das Gesicht und stieß hervor: „Und dann, dann brannte alles!" Gwen wollte Arddu trösten, doch Arddu zog sich auf die hinterste Ecke ihres Bettes zurück. Sie weinte und sagte: „Ich war doch schwanger und alles brannte und diese." Mehr konnte Gwen nicht verstehen, denn Arddus Weinen wurde heftiger. Gwen hätte Arddu gerne getröstet, aber sie wusste nicht wie. Gwen beschloss zu Gwenaseth zu gehen.

Gwenaseth hörte sich Gwens Bericht an, dann sagte sie zu Gwen: „So etwas hört man öfter. Wenn sie genug zu tun hat, wird sie nicht daran denken und du solltest nicht mit ihr darüber reden."

Gwen sah Gwenaseth enttäuscht an. Wie konnte es sein? Wenn eine der Schülerinnen Heimweh hatte, versuchte Gwenaseth stundenlang, sie zu trösten. Bei Arddu, deren Probleme viel größer waren, war sie so gleichgültig, Gwen verstand es nicht. Gwenaseth sagte zu ihr: „Du kannst jetzt gehen." Gwen verließ Gwenaseth und ging zu einem Baum, der in einigem Abstand zum Heiligtum stand. Gwen ging hier hin, wenn sie allein sein wollte. Sie setzte sich unter den Baum. Sie stützte ihren Kopf mit den Händen und sah auf den Boden. Nach einer Weile merkte sie, dass sich jemand näherte. Gwen blickte hoch und sah Siann. Sie stand in einigem Abstand und ließ sich dann auf dem Boden nieder. Siann sagte: „Die wollen ihr nicht helfen." Sie kicherte und zeigte auf das Heiligtum. Gwen sagte zu ihr: „Was weißt du denn davon?" Siann antwortete: „Arddu gehört hier nicht her, aber die wollen ihn." Gwen wurde neugierig und fragte: „Wen wollen die Priesterinnen?" Siann sagte: „Dieses Kind, den König." Gwen antwortete: „Brior ist doch kein König."

Siann wiegte ihren Körper hin und her und sagte dann: „Er ist ein König, aber nicht so einer wie die anderen. Die Götter haben ihn bestimmt, nicht sein Blut." Gwen sah Siann erstaunt an. Siann war aufgestanden und ging mit ausgebreiteten Armen über die Wiese. Gwen sah ihr nach und überlegte, ob irgendetwas von dem, was sie gesagt hatte, wahr sein konnte.

Gwen war zusammen mit Nella zur Küchenarbeit eingeteilt. Sie saßen vor der großen Halle und putzten Gemüse. Gwen fragte: „Nella, was weißt du eigentlich über Siann?" Nella antwortete: „Sie war schon hier, als ich herkam. Ich habe gehört, dass sie als Schülerin herkam, aber nach einiger Zeit fing sie an, sich merkwürdig zu benehmen. Die Priesterinnen wollten es ihr abgewöhnen, aber es wurde immer schlimmer. Zu ihrer Familie können sie Siann auch nicht zurück schicken, weil sie aus dem Gebiet stammt, das jetzt von den Angeln besetzt ist. Niemand weiß, was aus ihrer Familie geworden ist." Gwen fragte: „Sie macht also was sie will?" Nella antwortete: „Meistens schon, ab und zu stört sie eine der Priesterinnen, dann gibt es Ärger. Hinterher macht sie dann weiter wie vorher. Man kann sie eben nicht ändern." Gwen fragte weiter: „Was sie so erzählt, kann man das glauben?" Nella antwortete: „Ach was, was sie sagt, wird genauso sinnlos sein, wie das, was sie tut. Ich höre da gar nicht hin."

*Zwei Jahre später*

Gwen saß in der großen Halle und wartete, dass man sie holen würde. Nach neun Monaten auf der heiligen Insel hatte sie beschlossen, Priesterin zu werden. Ihre Familie hatte zugestimmt und so hatte ihre Vorbereitungszeit begonnen. Heute war es so weit. Heute fand das Einweihungsritual statt, zum ersten Mal würde Gwen in das Innere des Heiligtums geführt. Drei Mädchen betraten die Halle, sie sollten Gwen beim Anlegen des Ritualgewandes helfen. Das Ritualgewand bestand aus drei langen Stoffbahnen. Zwei weißen, die über ihre Schultern gelegt wurden und einer blutroten, die um ihre Hüfte gewickelt wurde. Die Mädchen führten Gwen vor die Halle, hier warteten die übrigen Schülerinnen. Sie zogen mit Gwen dreimal um das Heiligtum, wobei sie Hymnen auf die große Göttin sangen. Nach der dritten Runde hielten sie vor dem Tor des Heiligtums. Hier warteten die drei rangniedrigsten Priesterinnen. Sie trugen Gewänder, die Gwens Gewand glichen, nur das Tuch um ihre Hüften war blau. Zwei ergriffen Gwens Arme und die Dritte zog Gwen eine Art Kapuze über den Kopf. Gwen konnte nichts sehen, aber sie hörte, wie sich das Tor des Heiligtums öffnete. Gwen wurde hineingeführt. Sie hörte, wie sich das Tor hinter ihr schloss. Die Priesterinnen zogen die Stoffbahnen von Gwens Schultern. Gwen spürte die Wärme, die vom heiligen Feuer ausging. Die Priesterinnen ließen Gwen niederknien. Gwen spürte, dass etwas Kaltes zwischen sie und das Feuer kam. Die Priesterinnen drückten Gwens Körper nach vorn und sie fühlte, dass es ein großer Stein war. Ihre Arme wurden um den Stein gelegt.

Am nächsten Tag erwachte Gwen. Sie lag auf dem Bauch, als sie sich aufrichten wollte, schmerzte ihr Rücken so, dass sie sich gleich wieder flach hinlegte. Gwen dachte, deshalb also muss eine frisch geweihte Priesterin einen Monat im Haus bleiben und nur die Priesterinnen dürfen zu ihr. Gwen versuchte, sich an das Ritual zu erinnern, aber alles ging ihr durcheinander. Sie hatte nicht nur alle Elemente gespürt, vorher waren wohl auch alle Wesen, die seit Anbeginn der Zeit existiert hatten, über sie hinweg getrampelt. Sie hörte, wie sich die Tür öffnete. Gwenaseth kam herein. Gwen wollte sich ihr zuwenden, aber Gwenaseth sagte: „Bleibe lieber ruhig liegen, sonst bleibt womöglich etwas zurück. In drei Tagen kannst du wieder aufstehen." Gwenaseth fing an, Gwens Rücken, mit einer Salbe zu bestreichen. Als sie damit fertig war, sagte sie: „Ich habe dir etwas warme Milch mitgebracht. Möchtest du davon trinken." Gwen bejahte und Gwenaseth schob Gwen ein Kissen unter den Oberkörper. Sie hielt ihr den Krug mit der Milch an die Lippen.

*Einen Monat später*

Gwen hatte ihren Dienst im Heiligtum begonnen. Er bestand zunächst hauptsächlich darin, das heilige Feuer zu versorgen.

Von Zeit zu Zeit fuhr eine der Priesterinnen zu der Siedlung auf dem Festland, um dort Kranke zu versorgen. Wenn das geschah, fanden sich auch immer Leute aus der weiteren Umgebung ein, die Hilfe suchten. Gwenaseth sollte diese Aufgabe übernehmen und Gwen sollte ihr dabei helfen.

Es war an diesem Tag keine sehr schwere Aufgabe, nur einige eigentlich harmlose Erkrankungen, bis ein Mann auf einem Maultier eintraf. Das Maultier wurde von einem Mädchen geführt und der Mann konnte nur mit großer Mühe absteigen. Sein rechtes Bein war dick verbunden.

Gwenaseth wickelte den Verband ab und fragte: „Was hast du denn da gemacht?" Der Mann antwortete: „Die Axt ist mir ausgeglitten, beim Holzfällen." Gwenaseth drückte vorsichtig an der Wunde. Dann roch sie daran und sagte: „Reite allein zum Meer und setz dich dort in das Wasser, dann bete zu Boinn. Sie wird dich erhören." Gwenaseth wickelte den Verband wieder um sein Bein. Der Mann kletterte wieder auf sein Maultier und Gwenaseth rief Gwen zu sich. Sie flüsterte ihr zu: „Ich kann heute nicht weitermachen, er hatte den Brand in seiner Wunde. Mach du den Rest, es ist ja nichts Schwieriges dabei." Gwen nickte. Das Mädchen, welches das Maultier geführt hatte, stand noch da. Gwenaseth winkte es zu sich. Sie fragte: „War das dein Vater?" Das Mädchen nickte. Gwenaseth griff in ihren Korb und nahm ein halbes Brot heraus. Sie gab es dem Mädchen. Dieses bedankte sich und ging. Gwenaseth sah ihr nach.

Auf der Rückfahrt sah Gwenaseth nachdenklich über das Wasser, dann sagte sie zu Gwen: „Sie wird es nicht leicht haben." Gwen sah sie an und Gwenaseth sagte: „Er wird sterben und wer wird dann für sie sorgen." Gwen sagte: „Können wir da nichts machen?" Gwenaseth sagte: „Wir könnten, aber es wäre ungerecht. Wenn wir ihr Leid lindern, was ist dann mit all den anderen?" Gwen sagte: „Ist es nicht immer so, wenn wir jemandem helfen, dass irgendwo jemand ohne unsere Hilfe bleibt? Wir haben doch gelernt, dass alles zwei Seiten hat." Gwenaseth lächelte und sagte dann: „Gwen, wenn alles so einfach wäre. Du bist so wunderbar naiv."

Gegen Abend setzte sich Gwen wieder unter ihren Baum und wie immer dauerte es nicht lange, bis auch Siann sich einfand. Siann lag auf dem Rücken und spielte mit einem Grashalm. Gwen betrachtete sie, ihr Kleid hatte wieder einmal einen neuen Riss. Gwen dachte, es müsste eigentlich geflickt werden, oder besser noch, sie bekäme ein neues. Es war aber fast unmöglich, Siann von etwas zu überzeugen, selbst wenn es ihr nützte. Gwen blickte über die Insel. Siann erhob sich und fing an, auf der Wiese einen merkwürdigen Tanz aufzuführen. Gwen beobachtete, wie sie ihre Schritte setzte und den Körper drehte. Ihr Tanz ging immer um ein unsichtbares Zentrum. Gwen dachte, fast wie bei einem der Rituale. Oh, Gwen erschrak vor ihrem eigenen Gedanken, wie konnte sie die heiligen Rituale mit dem Herumtanzen dieser Frau vergleichen. Gwen rief laut: „Hör damit auf, Siann!" Siann drehte sich und landete auf allen vieren. Sie sah Gwen an und atmete schwer. Gwen war aufgestanden und trat näher. Sie fragte: „Warum machst du das?" Siann hatte sich aufgerichtet und machte eine kreisende Handbewegung. Sie sagte: „Weil es ihr gefällt." Gwen stutzte, war der Vergleich mit dem Ritual vielleicht doch nicht falsch? Gwen fragte: „Wer ist sie, ist sie hier?" Siann breitete die Arme aus und sagte: „ Sie ist hier und sie ist in allem." Gwen dachte nach, entweder war das eine große Frechheit oder Siann wusste mehr von der Göttin als alle Priesterinnen zusammen. Gwen drehte sich um und ging. Was sie gehört hatte, verunsicherte sie und sie beschloss, mit jemanden darüber zu reden.

Sie ging zu Gwenaseth und erzählte ihr von diesem Erlebnis. Gwenaseth sagte: „Es muss dich nicht beunruhigen. Siann gehört zu den Menschen, die unmittelbaren Zugang zur Gottheit haben." Gwen fragte: „Dann ist sie eine Priesterin wie wir?" Gwenaseth antwortete: „Nein eine Priesterin ist sie nicht. Unser Zugang zur Gottheit wird bewusst durch Rituale herbeigeführt. Ihr Zugang ist nicht steuerbar. Was nicht heißt, dass alles, was sie tut, Wille der Gottheit ist. „ Gwen beschloss Sianns Verhalten von nun an unter diesem Blickwinkel zu sehen.

Einige Tage später fragte der Guletic, was er bei seinem neuen Feldzug beachten müsse. Nimue beschloss die Sterne zu befragen und Gwen sollte ihr assistieren. Vor Einbruch der Dämmerung begann Gwen mit den Vorbereitungen. Sie brachte eine Menge Stangen und Schnüre auf den Hügel in der Mitte der Insel. Gwen legte auch eine Feuerstelle an, zündete sie aber nicht an. Die Dämmerung setzte ein und Nimue hatte sich auf dem Hügel eingefunden. Sie steckte eine Stange an eine bestimmte Stelle und peilte von dort über eine große Steinplatte die aufgehenden Sterne und Planeten an. Gwen musste die Stangen nach und nach in den Boden stecken. Nachdem die letzte Stange im Boden steckte, zündete Gwen das Feuer an und begann die Schnüre zwischen den Stangen zu spannen. Nimue betrachtete das Geflecht, welches sich auf der Steinplatte bildete, dabei murmelte sie magische Formeln.

Am nächsten Morgen kam der Guletic auf die Insel um die Antwort zu hören. Alle Priesterinnen hatten sich in das Heiligtum begeben. Der Guletic stand allein vor dem Tor des Heiligtums. Das Tor öffnete sich und die Priesterinnen schritten heraus. Der Guletic kniete nieder. Nimue kniete sich ihm gegenüber und die Priesterinnen legten eine bunt bestickte Decke über beide. Die Priesterinnen umschritten die beiden langsam in Richtung des Sonnenlaufes. Nach einiger Zeit hoben sie die Decke und Nimue stand auf. Sie sagte feierlich: „Du hörtest den Willen der Götter. Entscheide wie dein Schicksal befiehlt." Der Guletic erhob sich, verneigte sich und begab sich zur Anlegestelle.

Gwen hatte nicht nur mit den Ritualen zu tun, sie unterrichtete auch die Schülerinnen und überwachte, ob sie Ordnung hielten. Gwen hatte entdeckt, dass eines der Mädchen eine offene Naht an ihrem Kleid hatte. Sie sprach sie an: „Ich hatte dir doch gestern schon gesagt, dass du das nähen sollst." Das Mädchen antwortete: „Ich hatte sie genäht, aber sie geht immer wieder auf." Gwen sagte: „Wenn du nicht nähen kannst, dann geh zu Arddu und lass dir zeigen wie es geht." Gwen hatte sich angewöhnt, Schülerinnen, die Probleme beim Nähen hatten, zu Arddu zu schicken. Sie war der Meinung, dass es für Arddus Wohlbefinden gut ist, wenn sie jemanden anleiten könnte. Gwen sah noch einmal in das Wohnhaus der Schülerinnen. Das Problem mit den Flöhen hatte sie gestern gründlich beseitigt und heute war wieder alles in Ordnung. Gwen war zufrieden.

In diesem Moment hörte sie hinter sich einen Ruf: „Brior!" Gwen drehte sich um. Arddu stürzte auf Gwen zu und rief: „Ich kann ihn nirgends finden." Gwen sagte: „Wir werden ihn schon finden." Sie rief einige Schülerinnen zu sich und schickte sie zu den einzelnen Gebäuden. Brior schien wie vom Erdboden verschluckt. Gwen sagte: „Wir müssen die ganze Insel absuchen." Die Mädchen liefen in alle Richtungen davon. Es dauerte einige Zeit und eines nach dem anderen kam zurück. Nirgends schien es auch nur eine Spur von Brior zu geben.

Doch dann kam endlich eine, sie trug Brior auf dem Arm. Sie erzählte: „Ich habe ihn erst nicht finden können, aber als ich zurückgehen wollte, stand er plötzlich mitten auf dem Weg." Arddu nahm ihn auf den Arm. Sie sagte: „Wo warst du nur?" Brior brabbelte etwas von einer dunklen Tante mit Blättern. Gwen dachte im ersten Moment an Siann, aber dunkel war Siann nun überhaupt nicht. Gwen fielen Geschichten über Wesen aus der anderen Welt ein. Es würde wohl ein Rätsel bleiben.

Gwen war gerade in Gedanken versunken, als die Tür aufging und eine der Schülerinnen herein kam. Sie sagte aufgeregt: „Ratten!" Gwen fragte: „Ratten, wo?" Das Mädchen sagte: „Im Vorratsraum." Gwen stand auf und folgte ihr in den Vorratsraum. Das Mädchen zeigte auf einige Brotreste auf dem Fußboden. Gwen betrachtete die Bissspuren an den Brotresten, sie sahen ihr gar nicht nach Ratten aus. Gwen stieg auf den an der Wand entlang laufenden Sockel und sah auf die Oberseite eines waagerecht verlaufenden Balkens. Hier war genug Platz, dass ein Mensch darauf liegen konnte und tatsächlich fanden sich dort weitere Brotreste, ein kleiner Wasserkrug und eine alte Decke. Gwen war hinter das Geheimnis gekommen, wohin Siann bei schlechtem Wetter verschwand. Gwen nahm den Wasserkrug und stieg wieder herunter. Sie sagte spöttisch: „Oh ja, riesige Ratten und die trinken Wasser aus Krügen." Das Mädchen sah sie etwas beleidigt an. Gwen sagte: „Schau das nächste Mal genauer hin und jetzt räume die Brotreste weg, sonst kommen wirklich noch die Ratten rein."

Gwen musste noch den Tagesbedarf an Brennholz für das heilige Feuer in das Heiligtum bringen..Diesen Teil ihrer Aufgabe hasste Gwen. Egal wie das Wetter war, sie musste Holz schleppen und niemand konnte ihr dabei helfen, denn jeder, der das Heiligtum betreten wollte, musste eingeweiht sein. Wenn Gwen jedoch das lodernde Feuer betrachtete, wusste sie, warum es die Manifestation der Göttin auf Erden war.

Gwen unterrichtete auch die Schülerinnen in den Dingen über die Gottheit, zu denen keine Einweihung notwendig war. Gwen tat es sehr gerne, aber heute passierte etwas, was sie aus der Fassung brachte. Die Schülerinnen hatten Gwen aufmerksam zugehört, doch dann fingen sie an zu lachen. Gwen hatte aufgehört zu sprechen und sah sie ärgerlich an. Eine der Schülerinnen zeigte hinter Gwen. Gwen drehte sich um, in einigem Abstand saß Siann. Sie hatte eine Weile zugehört, dann aber angefangen Grimassen zu schneiden. Gwen war wütend. Sie ging auf sie zu und sagte: „ Wenn du nicht verschwindest, kannst du was erleben!" Siann war aufgesprungen und verschwand hinter einer Ecke der großen Halle, um kurz darauf auf der anderen Seite wieder aufzutauchen und Gwen die Zunge heraus zu stecken. Gwen ärgerte sich, früher war Sianns verhalten ungezwungen, jetzt wurde es immer öfter provozierend und manchmal aggressiv.

Gwen musste mit den anderen Priesterinnen darüber reden, so konnte es nicht weitergehen. Am nächsten Tag geschah etwas, was Nimue zu einer Entscheidung zwang.

Arddu betrachtete es mit Misstrauen, dass Siann mit Brior spielte. Verhindern konnte sie es nicht, denn Brior fühlte sich offenbar von Sianns Verhalten angezogen und solange Arddu die beiden im Blick hatte, ließ sie ihn gewähren. Heute kam es aber anders. Siann hatte mit Brior auf dem Hof gespielt, doch dann bemerkte Arddu, wie Siann mit Brior an der Hand hinter einem der Gebäude verschwinden wollte. Sie lief hin und sagte zu Brior: „Du gehst nicht mit ihr weg." Arddu wand Briors Hand aus Sianns Hand und zog ihn von ihr weg. Dabei schubste sie Siann. Siann stürzte sich auf Arddu und packte sie an den Haaren. Arddu wehrte sich und Brior fing an zu schreien. Von dem Geschrei angelockt kamen mehrere Priesterinnen und fast alle Schülerinnen, um zu sehen, was los wäre. Die Priesterinnen versuchten Siann und Arddu zu trennen. Nimue trat aus ihrem Haus. Sie sagte: „Sperrt Siann vorläufig in den Keller bis sie sich beruhigt hat." Die Priesterinnen schafften Siann in den Keller, Siann trat von innen wütend gegen die Kellertür. Nimue wandte sich an Arddu: „Was war los?" Arddu sagte: „Sie wollte sich mit Brior wegschleichen." Nimue sagte. „Mehr nicht! Du gehst in dein Zimmer, mit dir habe ich später zu reden." Nimue versammelte die Priesterinnen in der großen Halle, um ihre Meinung zu hören. Einige waren der Meinung, dass Siann von der Insel weggebracht werden sollte.

Gwenaseth sagte: „Wir sollten bedenken, dass Siann fürstlicher Abstammung ist und wir sie ihrem Rang entsprechend behandeln müssen." Gwen sagte: „Siann hatte sicher nichts Böses vor und der Streit war nur ein Missverständnis." Nimue dachte eine Weile nach, dann sagte sie: „Siann bleibt auf der Insel. Sie wird aber eingesperrt, zumindest so lange, bis sie keine Gefahr mehr ist. Ich werde Handwerker kommen lassen, die eine Zelle für sie in eines der Vorratshäuser einbauen." Nimue schickte Gwen mit der Nachricht zu Duncan, Zimmerleute und das nötige Material auf die Insel zu schicken. Nimue begab sich zu Arddu. Sie sagte zu Arddu: „Dein Benehmen in letzter Zeit lässt sehr zu wünschen übrig. Du solltest bedenken, was du bist!"

Die Zimmerleute meinten, dass es zwei Tage dauern würde, ein derartiges Bauwerk zu errichten. Nimue meinte, dass es Siann nicht schaden würde, die zwei Tage im Keller zu verbringen. Nach zwei Tagen war die Zelle fertig. Gwen betrachtete sie mit schaudern. Sie sah von außen wie ein riesiger Kasten aus und stand frei in dem Vorratshaus. An der Oberseite hatte sie ein vergittertes Fenster, vorn war eine kleine Tür mit einer Klappe, durch die man das Essen hinein reichen konnte. An der einen Seite befand sich eine Klappe, durch die man den als Toilette dienenden Eimer wechseln konnte. Gwen legte zwei Decken in die Zelle.

Nimue hatte vier Frauen aus der Siedlung holen lassen, sie sollten Siann aus dem Keller in die Zelle bringen, bei dieser Gelegenheit sollte ihr gleich ein neues Hemd angezogen werden. Als der Keller geöffnet wurde, war Siann überraschend ruhig. Sie ließ sich ohne Widerstand umziehen. Als sie jedoch durch die kleine Tür ins Innere der Zelle sollte, fing sie an sich heftig zu wehren, doch es half ihr nichts. Die Tür schloss sich hinter ihr und Siann tobte im Inneren, sodass der ganze Kasten bebte. Gegen Abend sollte eines der Mädchen Siann etwas zu Essen bringen, Gwen begleitete sie. Sie öffnete die Klappe und sah hinein. Es dauerte eine Weile bis Gwen sich an das Halbdunkel gewöhnt hatte, dann sah sie, dass Siann in der hinteren Ecke saß. Siann hatte Gwen bemerkt und rutschte auf den Knien auf sie zu. Sie flehte: „Bitte lass mich raus. Es ist so dunkel. Bitte!" Gwen wich zurück, sie drehte sich um und lief davon. Erst als sie auf ihrem Bett lag, kam sie wieder halbwegs zu sich, es war einfach zu schrecklich, dieses Halbdunkel und der enge Kasten. Gwen weinte, Siann hatte sie angefleht, ihr zu helfen, noch nie hatte Gwen irgendjemanden ihre Hilfe verweigert. Gwen war verzweifelt, was konnte sie tun ohne alles noch schlimmer zu machen. Sie presste ihr Gesicht in das Kissen und überhörte dabei das Klopfen an der Tür. Nach einiger Zeit öffnete sich die Tür.

Da Gwen nicht zum Abendbrot erschienen war, wollte Gwenaseth nachsehen, was mit ihr los wäre. Sie brachte das Essen für Gwen gleich mit. Gwen reagierte nicht. Gwenaseth stellte das Tablett ab und setzte sich neben Gwen auf das Bett. Sie sagte: „Bist du krank?" Gwen richtete sich auf und sagte: „Ich bin nicht krank. Dieser Kasten ist schrecklich. Siann hat doch Angst." Gwenaseth streichelte Gwen und sagte: „Ich weiß, aber vielleicht ist es für sie heilsam Angst zu haben, zumindest für eine Weile." Gwen sah Gwenaseth zweifelnd an. Gwenaseth nahm Gwen in den Arm und sagte: „Iss erst einmal was." Sie hielt Gwen das Tablett hin und Gwen aß etwas. Gwenaseth wollte das Tablett wegbringen. Gwen bat: „Bitte lass mich nicht allein." Gwenaseth setzte sich wieder auf das Bett und sagte zu ihr: „Rück mal ein Stück." Gwen rückte zur Seite und Gwenaseth legte sich neben sie. Gwen legte ihren Kopf an Gwenaseths Schulter. Nach einer Weile war sie eingeschlafen.

Siann hatte sich zunächst beruhigt, aber nach zwei Tagen fiel sie in eine Art Erstarrung. Sie aß nicht mehr und reagierte auch nicht, wenn sie angesprochen wurde. Nimue machte sich Sorgen, aber was ihr als Lösung einfiel, gefiel Gwen überhaupt nicht. Nimue ließ Siann aus der Zelle holen und in einen Bottich mit kaltem Wasser stecken. Es gelang den Frauen sogar, ihr etwas Grießbrei einzuflößen. Gwen befürchtete, dass diese Tortur jetzt täglich wiederholt würde. Am nächsten Tag aß Siann von alleine, aber sie war nicht mehr die Siann, die Gwen bisher kannte. Sie tat nur noch, was man ihr sagte und saß sonst zusammengekrümmt in der Ecke. Gwen hatte Nimue gefragt, ob sie Siann einmal am Tag aus der Zelle lassen könnte, aber Nimue hatte es nicht erlaubt. Einige Tage später hatte Gwen beschlossen, Siann auf eigene Faust aus der Zelle zu holen. Sie holte den Schlüssel aus Nimues Haus und öffnete die Zelle. Siann drückte sich ängstlich in die hintere Ecke. Gwen schlüpfte durch die Tür hinein und wollte Siann heraus holen, doch Siann sträubte sich. Gwen zog an ihrem Arm, doch Siann stemmte sich dagegen. Gwen hörte, dass jemand kam. Sie verließ die Zelle und stand vor Nimue und zwei anderen Priesterinnen. Nimue sagte zu ihr: „Wo hast du den Schlüssel her?" Gwen sah verlegen zu Boden. Nimue sagte wütend: „Du hast ihn gestohlen!" Gwen antwortete: „Ich wollte nur Siann helfen." Nimue sagte: „Wenn dir so viel an ihr liegt, wirst du viel Zeit haben, mit ihr zusammen zu sein. Geh in die Zelle!" Gwen ging in die Zelle und die Tür wurde hinter ihr verschlossen.

Gwen saß in der Ecke und dachte nach. Sie hatte es nur gut gemeint und nun saß sie in diesem schrecklichen Raum. Siann reagierte auch nicht, wenn Gwen sie ansprach. Gwen fühlte sich allein, sehr allein. Es war schon gegen Abend, als sich die Tür öffnete. Eine Priesterin sah in die Zelle und sagte zu Gwen: „Komm mit!" Gwen verließ die Zelle und folgte der Priesterin in die große Halle. In der Halle waren die Bänke beiseite geräumt worden und an einem Ende der Halle saß Nimue auf einem Stuhl, zu ihren Seiten standen die beiden ranghöchsten Priesterinnen. Eine der Priesterinnen richtete das Wort an Gwen: „Du hast deinen Eid gebrochen, du hast dich der hohen Priesterin widersetzt. Was hast du zu deiner Verteidigung vorzubringen?" Gwen schluckte, das war etwas viel, den Eid gebrochen? Gwen sagte: „Ich wollte nur das Beste für Siann."

Die Priesterin antwortete: „Wir hörten, was du sagtest, wir werden entscheiden." Nimue winkte nur kurz mit der Hand und Gwen wurde wieder in die Zelle gebracht. Gwen saß in der Ecke. Eidbruch, dafür konnte es für eine Priesterin nur eine Strafe geben, den Tod. Gwen war verzweifelt. Nach einiger Zeit öffnete sich die Klappe in der Tür. Eines der Mädchen brachte etwas zu essen für Gwen und Siann. Gwen fragte das Mädchen: „Haben die schon ein Urteil gefällt?" Das Mädchen schüttelte den Kopf und schloss die Klappe. Es wurde für Gwen eine schlimme Nacht. Die Vorstellung, dass es ihre letzte sein könnte, ließ Gwen nicht schlafen. Niemand war da, mit dem sie hätte reden können.

Am nächsten Morgen öffnete sich die Tür. Eine Priesterin forderte Gwen auf herauszukommen. Gwen trat aus der Zelle. Davor standen zwei Priesterinnen, sie nahmen Gwen bei den Armen und führten sie auf den Hof. Gwen erschrak, auf dem Hof war ein Scheiterhaufen errichtet worden. Sie wurde vor Nimue geführt. Nimue sagte feierlich: „Ich habe den Willen der Gottheit erfragt und ihr Wille lautet, dass du nicht auf ewig verdammt wirst, sondern für einen Monat ausgeschlossen wirst." Die Priesterinnen führten Gwen in ihr Haus. Hier lag schon ihr Ritualgewand bereit. Sie musste es anziehen, dann wurde sie in das Heiligtum geführt.

Alle Priesterinnen waren hier versammelt. Gwen musste sich hinknien. Eine Priesterin begann, Gwen die Haare abzuschneiden. Die Haare wurden am Kopf einer Strohpuppe befestigt, dann wurde Gwen das Ritualgewand ausgezogen, es wurde der Strohpuppe angezogen. Das Tor öffnete sich und eine der Priesterinnen trug die Strohpuppe zum Scheiterhaufen. Nimue trat, begleitet von den anderen Priesterinnen, vor den Scheiterhaufen.

Gwen wurde von zwei Priesterinnen hinter Nimue geführt. Nimue hob die Arme und sagte: „Oh Göttin, nimm das Opfer dieser Unwürdigen an!" Daraufhin wurde der Scheiterhaufen entzündet. Die Flammen ergriffen die Strohpuppe und Gwen wurde vor das Tor geführt. Hier war eine kleine Hütte errichtet worden, zu dieser wurde Gwen geführt. In der Hütte fand Gwen ein Hemd aus groben Leinen und eine Schlafdecke. Gwen begriff erst jetzt richtig was geschehen war. Sie würde weiter leben. Einen Monat lang wäre sie von allem ausgeschlossen, sie würde zwar etwas zu essen erhalten, dürfte aber mit niemanden sprechen. Gwen dachte nach, sie hatte es gut gemeint und doch war es falsch. Es musste falsch gewesen sein, die Gottheit irrte sich nie. Die Gottheit hatte beschlossen sie auszuschließen und doch war sie so großmütig, Gwen nicht zu vernichten. Sie musste mit ihr noch etwas vorhaben.

Gwen strich mit der Hand über ihren Kopf. Nein, so wie sie jetzt aussah, sollte sie keiner sehen. Sie beschloss, nicht in der Hütte neben dem Tor hocken zu bleiben. Gwen nahm die Decke und machte sich auf, in einen abgelegeneren Teil der Insel. Dort gab es einen Platz, an dem einige Sträucher eine Art natürliche Laube bildeten. In der Nähe gab es auch eine Quelle und Gwen ging davon aus, dass nur sehr selten jemand dorthin kam. Gwen kam zu den Sträuchern, sie sah sich um und fand die Umgebung wunderschön. Sie reinigte den Boden unter den Sträuchern von altem Laub, dabei fand sie einen Topf. Sie betrachtete ihn und war der Meinung, dass er noch zum Wasserholen zu gebrauchen wäre. Sie machte sich eine Unterlage aus trockenem Gras. Dann setzte sie sich und überlegte, ob sie es an diesem Ort einen Monat aushalten könnte. Gwen war am Nachmittag noch einmal zu der Hütte zurückgekehrt, um die Lebensmittel zu holen, die man ihr hingestellt hatte.

Es dämmerte bereits, als Gwen zurück kam. Irgendjemand musste sie schrecklich hassen, in der Schale mit dem Essen waren einfach alle Reste, die tagsüber angefallen waren, zusammen geschüttet. Gwen betrachtete die Mischung mit Widerwillen, aber sie hatte Hunger und so versuchte sie wenigstens etwas davon zu essen. Den Rest schüttete sie in einiger Entfernung von ihrem Lager auf den Boden. Vielleicht würden sich ja noch einige Tiere daran erfreuen. Sie wickelte sich in ihre Decke und betrachtete den Sternenhimmel. Während sie so da saß fiel ihr Blick auf den alten Topf. Ob der, der ihn hier zurückgelassen hat, auch die Sterne betrachtet hat? Sie nahm den Topf in die Hand. Ob hier schon einmal jemand in derselben Situation war wie sie? So viele Fragen und keine Antworten. Gwen rollte sich in die Decke. Sie hatte früher schon draußen übernachtet, aber immer war irgendjemand bei ihr gewesen.

Sie wollte schlafen, aber die Geräusche aus der Dunkelheit waren ihr unheimlich. Nach einiger Zeit schlief sie dennoch ein. Mitten in der Nacht erwachte sie, es musste wohl die Kälte gewesen sein, die sie geweckt hatte. Mit der einen Decke war es einfach zu kühl. Sie überlegte, ob es in der Hütte nicht angenehmer wäre. Die Kälte würde sie dort nicht so spüren, aber morgen früh würde sie die Blicke der anderen spüren. Egal, ob sie nun schadenfroh oder mitleidig auf sie blickten, es würde weh tun. Sollte es doch weh tun, es war besser als die ganze Nacht zu frieren und mit der Zeit würde den anderen das Glotzen schon vergehen. Gwen beschloss, die nächste Nacht in der Hütte zu verbringen. Jetzt an die nächste Nacht zu denken, war etwas voreilig, denn vor der nächsten Nacht lag noch ein ganzer langer Tag. Gwen zog die Decke um ihre Schultern und blickte zum Himmel. Die Sterne standen klar am Himmel, nur am östlichen Horizont war ein rötlich schimmernder Dunst erkennbar.

Gwen begab sich zu der Hütte neben dem Tor. Sollten sie doch alle anstarren, sie würde aus der Demütigung einen Triumph machen. Gwen hörte das Tor knarren. Sie kniete sich vor der Hütte hin und richtete den Blick auf den Boden. Gwen hörte, wie einige Schülerinnen näher kamen. Sie sahen Gwen neben dem Weg knien und unterbrachen ihr Gespräch. Gwen konnte sehen, wie sie zögernd an ihr vorbei gingen. Ja, es war leichter als sie gedacht hatte, wenn sie nur niemanden in die Augen sehen musste.

Es war auf jeden Fall besser, als in einem dunklen und engen Loch wie die arme Siann. Gwen kamen die Tränen. Warum kommen mir jetzt die Tränen? Wozu, dachte sie. Ich kann ihr nicht helfen und die anderen wollen ihr nicht helfen. So hatte sie es sich nicht vorgestellt, sie hatte etwas bewegen wollen. Sie wollte den Menschen etwas Gutes tun und nicht nur die Ordnung der Rituale einhalten. Es musste einen anderen Weg geben und sie würde ihn finden. Etwas später trat jemand auf sie zu. Gwen sah nach oben, es war Arddu. Sie trug ein Bündel aus Fellen und Decken unter dem Arm. Arddu sagte: „Ich bringe euch einige Sachen Herrin." Gwen sagte: „Du darfst doch nicht mit mir reden, Arddu." Arddu ging einfach an ihr vorbei und fing an, die Felle in der Hütte auszubreiten.

Gwen sagte: „Du darfst nicht hier sein." Arddu antwortete: „Wenn meine Herrin etwas braucht, muss ich es ihr bringen." Gwen sagte: „Bitte geh, bevor jemand etwas merkt." Arddu ging. Gwen machte sich Sorgen um Arddu, sie würde sich mit ihrer Anhänglichkeit noch in Schwierigkeiten bringen.

Am nächsten Morgen öffnete sich das Tor einen Spalt und jemand huschte heraus und schlüpfte in Gwens Hütte.

Es war Arddu. Sie stellte einen Topf mit Honig vor Gwen hin. Gwen sagte zu ihr: „Du darfst nicht herkommen. Nimue wird dich bestrafen." Arddu antwortete: „Na ja, Brior braucht mich, Nimue will Brior, also braucht sie mich und so wird es nicht so schlimm werden." Gwen wunderte sich, so eine Berechnung hatte sie von Arddu nicht erwartet. Arddu sagte: „Ihr wart immer gut zu mir, sehr gut sogar und deshalb lasse ich euch nicht im Stich."

Gwen überstand den Monat, nicht zuletzt weil Arddu sie von Zeit zu Zeit mit allerlei Leckereien versorgte. Während dieser Zeit dachte Gwen nach und sie kam zu dem Schluss, dass sie nicht zur Priesterin bestimmt sein konnte.

*Der Monat war vorbei*

Gwen trug wieder die Tracht einer Priesterin der heiligen Insel. Um ihre zu kurzen Haare zu verbergen, hatte sie sich ein blaues Tuch um den Kopf gebunden. Gwen hatte Nimue um eine Unterredung gebeten. Gwen betrat Nimues Haus. Gwen grüßte Nimue und Nimue fragte: „Nun Gwen, du wolltest mich in einer wichtigen Sache sprechen." Gwen versuchte ruhig zu bleiben, die Sache war nicht leicht. Sie sagte: „Hohe Priesterin, ich bin nicht geeignet zur Priesterin. Ich bitte darum, aus dem Dienst des Heiligtums entlassen zu werden." Nimue sah Gwen zornig an, dann sagte sie: „Du bist berufen, Priesterin zu sein. Glaubst du, du hättest die Einweihungsrituale überstanden, wenn du nicht berufen wärest!" Gwen antwortete: „Damals war ich vielleicht berufen, heute nicht mehr!"

Nimue sagte: „So einfach ist das nicht. Was du vor hast, ist unmöglich. Du kennst die Geheimnisse des Heiligtums. Du wirst Priesterin bleiben." Gwen sah die Aussichtslosigkeit des Gespräches ein und fragte: „Darf ich jetzt gehen?" Nimue antwortete: „Geh nur und denke noch einmal darüber nach." Gwen begab sich in ihr Haus, zum Nachdenken kam sie aber nicht. Kurz, nachdem sie die Tür hinter sich geschlossen hatte, wurde sie wieder aufgestoßen. Nimue kam in Begleitung mehrerer Priesterinnen herein. Sie sagte: „Nehmt die Verräterin und sperrt sie ein!" Gwen war überrascht und sagte: „Ich bin keine Verräterin!" Es half ihr jedoch nichts, zwei

Priesterinnen hatten sie gepackt und brachten sie zu der Zelle, in der Siann saß. Gwen stemmte sich gegen den Türrahmen und rief: „Ich habe nichts getan!" Nimue sagte ungerührt: „Steckt sie rein!" Gwen landete in der Zelle. Gwen war verwirrt und wütend, sie hatte nichts getan, nicht einmal tun wollen. Warum sperrte Nimue sie ein? Gwen weinte, dann spürte sie, dass sich jemand näherte, es war Siann. Siann flüsterte: „Nicht traurig sein." Gwen sagte: „Ach Siann, warum soll ich nicht traurig sein." Siann sagte: „Ich singe dir was vor, dann wird es gleich besser." Siann rückte ganz dicht an Gwen heran und fing an, ihr ein Wiegenlied ins Ohr zu singen. Sie summte mehr, als dass sie wirklich sang. Gwen musste noch mehr weinen. Siann hörte mit dem Lied auf und sagte: „Nicht weinen." Gwen sah Siann an. Gwen dachte, wenigstens Siann meint es ehrlich. In diesem Moment hörte sie, dass die Klappe in der Tür geöffnet wurde. Jemand fragte leise: „Gwen hörst du mich?"

Gwen rückte näher an die Tür und fragte: „Wer ist denn da?" Von draußen kam die Antwort: „Ich bin es Arddu." Gwen freute sich, wenigstens hatte Arddu sie nicht vergessen. Arddu sagte: „Herrin, ich hole euch bald raus und dann fliehen wir." Gwen antwortete: „Das geht nicht. Du weißt doch, Brior ist es bestimmt, ein König zu werden." Arddu sagte wütend: „Brior ein König! Was wäre er für ein König? Sein Vater war ein Bauer und dessen Vater auch. Nimue überschätzt ihre Macht. Niemals werden die Fürsten meinen Brior über sich dulden und was sie ihm dann antun, will ich nicht." Gwen sagte: „Aber Arddu." Weiter kam sie nicht, denn Arddu sagte: „Es kommt jemand. Ich muss weg."

Gwen dachte nach, sie wäre gern frei, aber das Land musste einen Großkönig bekommen, sonst würde es früher oder später ganz an die Eroberer fallen. Die Gottheit hatte Brior dafür ausersehen und Gwen wollte sich dem nicht entgegenstellen. Was sollte sie tun? Gwen betete zur Göttin, sie hoffte auf eine Eingebung.

Am nächsten Morgen glaubte Gwen zu wissen, was richtig war. Wenn es Brior bestimmt war, König zu werden, so würde er König werden, egal wo er aufwüchse. Gwen ärgerte sich über Nimue, sie ließ Gwen und Siann nur sehr wenig Essen bringen. Von Siann erfuhr Gwen, dass sie schon die ganze Zeit so wenig bekam.

Es war draußen schon dunkel, als Gwen ein Klappern an der Tür hörte. Jemand schloss die Tür auf. Es war Arddu. Sie flüsterte: „Herrin, kommt raus, aber seit ganz leise." Gwen wandte sich an Siann und sagte: „Komm mit." Gwen und Siann verließen die Zelle. Arddu fragte ärgerlich: „Muss die wirklich mit?" Gwen antwortete: „Ja, ich lasse sie nicht hier." Die drei Frauen schlichen zum Tor. Vor dem Tor sagte Arddu zu Gwen: „Ich habe alles für unsere Flucht bereit gelegt und ein kleines Floß gebaut. Es liegt hinter dem kleinen Gehölz." Sie begaben sich dorthin. Arddu hatte Gwens Sachen sowie einen Sack mit Lebensmitteln bereit gelegt. Zwischen den Sachen lag Brior und schlief. Arddu zeigte Gwen das Floß und erklärte: „Auf dem Floß ist nur Platz für Brior und unsere Sachen. Wir müssen uns an der Seite festhalten." Gwen sagte zu Siann: „Wir gehen jetzt baden." Siann zog ihr Hemd aus und stieg ins Wasser. Arddu legte die mitgebrachten Sachen auf das Floß und setzte Brior darauf.

Gwen und Arddu zogen ihre Kleidung aus und schoben das Floß ins Wasser. Am anderen Ufer trugen sie die Sachen an Land. Arddu stieß das Floß auf den See hinaus. Sie zogen sich wieder an.

Gwen sagte: „Wir haben ein Problem. Für Siann ist keine ausreichende Kleidung da." Arddu antwortete: „Wir hätten sie nicht mitnehmen sollen. Sie wird uns nur Ärger machen." Gwen sagte: „So solltest du nicht reden!" Gwen legte Siann eine Decke als Mantel um und befestigte sie mit einer ihrer Fibeln. Sie begannen ihren Weg in die Dunkelheit. Nach einiger Zeit sagte Gwen: „Wir müssen jetzt sehr leise sein. Auf dem kleinen Hügel da vorn hat Duncan immer einen seiner Wachposten. Wenn wir uns sehr dicht am Hügel halten, kann er uns erst sehen, wenn wir aus dem Gebiet des Heiligtums heraus sind." Sie schlichen weiter. Erst als Gwen der Meinung war, dass sie die Besitzungen des Heiligtums verlassen hätten, machten sie eine Pause.

Gwen betrachtete ihre Begleiterinnen. Arddu war mit Brior im Arm eingeschlafen. Siann starrte in die Dunkelheit. Gwen dachte nach, sie mussten zu ihrer Familie. Der Weg würde sehr gefährlich sein. Drei Frauen und ein Kind, die in diesen Zeiten allein unterwegs waren, das konnte eigentlich nicht gut gehen. Gwen betrachtete ihr Messer, Arddu hatte es zusammen mit Gwens übrigen Sachen aus ihrem Haus geholt. Gwen trug es wie jede freie Frau am Gürtel. Die Goldblech beschlagene Scheide und der kunstvoll geschnitzte Griff verrieten Gwens vornehme Herkunft. Gwen zog es aus der Scheide. Sie betrachtete die Klinge, sie war aus bestem Stahl und hatte eine Maserung, wie sie sonst nur bei guten Schwertern zu sehen war. Es war eine gefährliche Waffe, wenn man damit umgehen konnte, doch gegen einen bewaffneten Krieger war sie sinnlos.

Zwei Tage später. Die Frauen waren von ihrem Marsch erschöpft und so hatte ihre Aufmerksamkeit nachgelassen. Sie bemerkten die Reiter, die sie schon eine ganze Weile beobachteten, nicht. Als Gwen die Reiter auf sich zukommen sah, rief sie: „Schnell in den Wald." Doch es war zu spät. Der erste Reiter holte sie ein. Gwen zog ihr Messer und stellte sich schützend vor Arddu. Im Nachhinein erschien es ihr lächerlich. Was hätte sie gegen den Reiter mit seiner Lanze tun können? Doch der Reiter hielt an. Eine Dame auf einem großen Schimmel folgte ihm. Gwen nahm ihren ganzen Mut zusammen und sagte: „Ist das die Art, wie hier eine Priesterin empfangen wird?" Die Dame sah Gwen von oben bis unten an, warf einen kurzen Blick auf Siann und Arddu, dann sagte sie: „Verzeiht, dass wir euch nicht gleich erkannt haben." Gwen versuchte, möglichst eindrucksvoll auszusehen, was ihr nicht ganz gelang. Die Dame stieg vom Pferd. Sie sagte zu Gwen: „Entschuldigt Priesterin, dass ich euch erschreckt habe. Darf ich euch und eure Begleiterinnen auf meine Burg einladen." Gwen antwortete: „Selbstverständlich sind wir gern eure Gäste." Die Dame wandte sich an den Krieger und sagte: „Bringe die beiden Frauen auf die Burg. Ich folge mit der Priesterin. Ich habe mit ihr einiges zu bereden." Der Krieger stieg vom Pferd und setzte Siann auf das Pferd der Dame, Arddu und Brior half er auf sein eigenes Pferd. Siann versuchte, mit der Haltung einer Dame auf dem Pferd zu sitzen, was wegen ihrer unzureichenden Kleidung ziemlich lächerlich wirkte. Der Krieger führte die beiden Pferde zur Burg, während Gwen und die Dame langsam denselben Weg entlang gingen. Die Dame, welche sich als Königin von Rheged vorstellte, erkundigte sich bei Gwen nach der heiligen Insel. Gwen bemerkte, dass sie einiges darüber wusste und Gwen nahm an, dass die Königin in ihrer Jugend als Schülerin dort war. Sie kamen in der Burg an. Die Königin gab Anweisung, Gwen und ihre Begleitung zu versorgen. Die Diener kümmerten sich um Siann und Arddu. Die Königin ging mit Gwen in ihre Kammer. Sie sagte: „Könntet ihr mir das Tuch aus dem Kasten neben euch geben?" Gwen öffnete den Kasten und nahm das Tuch. Sie erschrak, unter dem Tuch lagen die Insignien der Hohen Priesterin. Die Königin war neben Gwen getreten und sagte: „Sage die Wahrheit! Du bist von der Insel geflohen." Gwen zögerte einen Moment, dann sagte sie: „Ja, aber es geschah, um einem Unrecht zu entgehen." Gwen erzählte, was mit Siann geschah und wie sie geflohen waren. Die Königin sagte: „Nun gut, ich will dir keine Vorwürfe machen, auch ich habe mein Amt verlassen, um zu heiraten."

Die Königin von Rheged war sehr freundlich zu Gwen und ihren Begleiterinnen. Sie ließ ihnen Essen bringen und Kleidung für Siann. Als jedoch das Gespräch auf Gwens Familie kam, verfinsterte sich ihre Miene. Sie sagte zu Gwen, dass es ihr schlimm ergehen würde, wenn sie Gwen am nächsten Morgen noch auf ihrem Gebiet antreffen würde. Die Ursache für ihren Hass war die, Gwens Bruder hatte vor einiger Zeit Urien von Rheged erschlagen. Wie es dazu kam, wusste niemand genau. Gwen floh mit ihren Begleiterinnen in die Nacht.

Gwen war wieder zu Hause. Es war ein Wunder, dass sie heil angekommen war. Nachdem die Königin von Rheged erfahren hatte, zu welcher Familie Gwen gehörte, geriet sie in Wut. Gwens Bruder Cynon hatte den König von Rheged erschlagen und wäre nicht das Gastrecht gewesen, wäre es Gwen schlimm ergangen. Gwen dachte mit Schrecken an die folgende Flucht. Zu ihrem Glück traf sie auf den Gesandten aus Gwynnet, sonst wäre sie nicht nach Hause gekommen. Gwen ließ ihren Blick über ihren kleinen Hofstaat schweifen. Da war Arddu, sie kramte gerade in der Truhe mit Gwens Wintersachen, Brior spielte auf dem Fußboden mit einem Holzpferd. Siann saß mit ihrer Dienerin auf dem Fußboden und schob Steinchen wie bei einem Brettspiel hin und her. Die Dienerin war Gwens Idee gewesen. Sie sollte verhindern, dass Siann sich zu verrückt benahm. Gwen hatte ein etwa vierzehnjähriges Mädchen dafür ausgesucht. Denn Gwen meinte, dass sich Siann sehr kindlich benahm und deshalb ein so junges Mädchen am besten zu ihrer Gesellschaft geeignet wäre. Gwen beobachtete die beiden. Was sie eigentlich spielten, war Gwen nicht klar, denn sie konnte keinerlei Regel erkennen. Gwen sagte: „Roud komm her." Die Dienerin antwortete: „Ja Herrin." Sie erhob sich und trat vor Gwen. Gwen fragte: „Was spielt ihr da?" Roud zögerte einen Moment, dann sagte sie: „Schafherde." Gwen sah sie erstaunt an und fragte: „Wie geht denn das?" Roud antwortete: „Siann hat die Böcke und ich die Schafe und wenn die Böcke die Schafe, dann…" Sie hatte aufgehört zu sprechen, ihr war klar geworden worauf es hinauslief und es war ihr peinlich. Gwen lachte und sagte: „Geh wieder spielen." Das ist ein Spiel für Mädchen, die noch nichts von Männern wissen, dachte

Gwen. Ach ja, was weiß ich denn davon, andere Frauen in meinem Alter sind längst verheiratet. Gwen stand auf. Seit dem merkwürdigen Ausflug nach Catraeth war es keinem Mann eingefallen, um Gwens Hand anzuhalten. Ihre Familie war auch nicht glücklich über die Umstände ihrer Rückkehr von der Heiligen Insel. Die Worte ihres Bruders waren ziemlich hart gewesen. Sie habe die Familienehre beschmutzt und eigentlich sollte man sie an das Heiligtum ausliefern, dann hatte er ihr verboten die Burg zu verlassen. Seitdem saß sie da und langweilte sich. Heute würde es vielleicht etwas Abwechslung geben, das heißt, wenn ihr Bruder ihr erlaubte, in die große Halle zu kommen. Alle Fürsten des Nordens versammelten sich in Caer Eiddyn. In diesem Moment öffnete sich die Tür und Morfudd, die Frau ihres Bruders trat ein. Roud erhob sich, um sie zu grüßen. Morfudd warf einen argwöhnischen Blick auf Siann und sagte dann: „Gwen du hast doch auf der heiligen Insel die Heilkunst erlernt?" Gwen antwortete: „Ja, das gehörte auch zu den Dingen, die ich gelernt habe. Fehlt dir etwas?"

Morfudd sagte: „Schicke erst Siann und das Kind raus." Gwen sagte zu Roud: „Bringe Siann und Brior nach draußen." Roud verließ mit den beiden den Raum. Gwen fragte: „Nun Morfudd, was hast du?" Morfudd antwortete: „Ich glaube mit meiner Schwangerschaft stimmt etwas nicht." Gwen sagte zu Arddu: „Hilf ihr den Rock ausziehen." Arddu tat, was Gwen ihr gesagt hatte, dann half sie Morfudd sich auf die Bank zu legen. Gwen kniete sich daneben und legte beide Hände auf ihren Bauch. Sie murmelte einen Spruch, der ihr helfen sollte, die Ursache der Beschwerden zu erkennen. Gwen legte ihr Ohr auf den Bauch und fühlte vorsichtig an verschiedenen Stellen die

Spannung der Bauchdecke. Gwen richtete sich wieder auf und schloss die Augen. Nach einer Weile sagte sie: „Die Därme sind etwas aufgebläht, du solltest keine Bohnen mehr essen und das Biertrinken solltest du auch lassen. Außerdem solltest du dich jeden Tag etwas bewegen." Morfudd antwortete: „Gerade, wenn ich mich bewege, tut es weh." Gwen sagte: „Du musst dich trotzdem bewegen. Ein kleiner Spaziergang genügt schon." Morfudd wiegte bedenklich den Kopf. Arddu half ihr, sich wieder anzuziehen. Morfudd bedankte sich bei Gwen für ihren Rat und ging. Nachdem sie weg war, sagte Gwen zu Arddu: „Andere Frauen müssen bis kurz vor der Geburt arbeiten und sie will sich überhaupt nicht bewegen. Den ganzen Tag sitzt sie in der Halle, trinkt Bier und wundert sich dann, dass sie sich aufbläht. Wahrscheinlich wird das Kind später keine Milch wollen, sondern Bier." Arddu wandte sich wieder ihrer Arbeit zu.

Gwen dachte, Morfudd könnte es gut haben, wenn sie sich nicht so gehen ließe. Das Kind würde wahrscheinlich schwachsinnig sein, aber wen kümmerte das noch, mit den Nachkommen von Clydno Eiddyn ging es sowieso abwärts. Entweder würden die Angeln das Land erobern oder Aedan von Dalriada würde die Herrschaft an sich reißen. Gwen hatte keinerlei Lust, das Tauschobjekt für irgendeinen Bündnisvertrag zu sein. Was dabei heraus kam, konnte sie an Morfudd sehen. Überhaupt gab es nicht mehr viele, mit denen man ein Bündnis schließen konnte. Das Bündnis mit Rheged hatte sich trotz der Heirat mit Morfudd durch das dumme Verhalten von Cynon erledigt. Dann waren da noch die Könige von Gwynnet oder eben Aedan von Dalriada.

Über Gwynnet wusste Gwen nicht viel, mit Aedan und seinen Schotten wollte sie aber nichts zu tun haben, das waren alles nur wilde Barbaren.

Gwens Bruder betrat den Raum. Er sagte zu Gwen: „Du weißt, wie wichtig das heutige Treffen ist. Einige Fürsten könnten deine Anwesenheit übel nehmen. Ich hoffe, du verstehst das und bleibst in deinen Räumen." Gwen erwiderte: „Deine eigene Schwester behandelst du wie eine Gefangene." Er antwortete: „Du weißt genau, warum das so ist. Deine Flucht von der heiligen Insel war ein Sakrileg und manche führen unser Unglück im Kampf gegen die Angeln darauf zurück. Wenn du nun hier herumläufst, könnte das ein Problem werden." Gwen wandte sich ab und sagte dann leise: „Ich werde tun was du verlangst." Er legte seine Hand für einen kurzen Moment auf ihre Schulter und verließ dann den Raum.

Gwen war verzweifelt und wütend. Sie sollte in ihrer Kammer hocken, während in der großen Halle gefeiert wurde. Gwen sank auf die Bank, Arddu näherte sich ihr und fragte: „Ist euch nicht gut Herrin?" Gwen setzte sich gerade hin und antwortete: „Ist schon gut, du kannst ja auch nichts daran ändern." Gwen atmete tief durch, dann sagte sie: „Also gut, wenn ich nicht zu dem Festgelage in die Halle geladen bin, dann werde ich eben mein eigenes Fest geben. Du, Brior und Siann ihr d meine Gäste und Roud wird uns bedienen. Arddu besorge alles, was man für ein Festessen braucht." Arddu wiegte nachdenklich den Kopf und sagte: „Ich weiß nicht, ob es richtig ist, wenn ich mit euch an einem Tisch sitze, Herrin." Gwen antwortete: „Bei dem, was wir zusammen erlebt haben, gibt es keinen Grund, dich nicht an meinen Tisch zu holen und nun tu was ich dir gesagt habe!" Arddu antwortete: „ Danke Herrin." Sie verließ den Raum.

Gwen überlegte, wie es werden sollte. Es würde Braten geben und später würde sie auf ihrer Harfe spielen. Die Bänke mussten noch mit weißen Tüchern bedeckt werden und wertvolle Trinkgefäße mussten her, am besten bunte Glasbecher. Das Diadem, ja heute musste sie es tragen. Der Goldschmied hatte versichert, es gleiche der Krone einer Kaiserin. Eine andere Frisur brauchte sie, dazu musste sie aber jemanden haben, der ihr half. Arddu war nicht da und sich von Roud beim Frisieren helfen zu lassen, konnte nicht gut gehen. Sie musste noch heute daran denken, was vor einigen Tagen geschah. Roud hatte ihr einen Zopf flechten sollen, es hatte aber so geziept, dass sie wütend zu Roud gesagt hatte, sie sei nur zum Schweinehüten geeignet. Roud hatte sie daraufhin angefleht, sie nicht zu den Schweinen zu schicken. Selbst als sie ihr gesagt hatte, dass sie es nicht ernst gemeint hatte, hörte ihr Gejammer nicht auf.

Gwen war zunächst darüber verärgert, dann hatte aber das Mitleid wieder die Oberhand gewonnen. Für Rouds Verhalten musste es einen tieferen Grund geben. Bevor sie zu Gwen kam, hatte sie die Ziegen gehütet, doch eines Tages weigerte sie sich, mit den Tieren allein auf die Weide zugehen. Das war wohl auch der Grund, warum man sie Gwen überlassen hatte. Roud war zwar etwas ungeschickt, aber mit Siann konnte sie umgehen. Seit sie auf sie acht gab, war nichts mehr geschehen, was Aufsehen erregt hätte. Gwen musste also auf Arddu warten, um sich frisieren zu lassen. In der Zwischenzeit holte Gwen weiße Tücher zum Überziehen der Sitzbänke aus ihrer

Truhe. In diesem Moment kam Roud mit Siann herein. Gwen sagte zu ihr: „Roud geh hinüber in die große Halle und lass dir vier Glasbecher und eine silberne Platte geben." Roud ging sofort los und Gwen war mit Siann allein.

Gwen sagte zu Siann: „Wenn die uns nicht haben wollen, dann können wir auch ohne sie feiern." Siann ließ ihre Hand kreisen und sagte: „Wir wollen die nicht dabei haben, weil wir allein feiern." Gwen sah sie erstaunt an und sagte dann. „So kann man es auch sehen." In diesem Moment kam Arddu herein. Sie trug einen großen Krug mit Met und zwei Brote.

Arddu sagte: „Der Küchenmeister lässt ausrichten, dass er ein Stück vom Braten herüberschickt, wenn es fertig ist." Gwen fragte: „Was heißt, wenn es fertig ist?" Arddu antwortete: „Er will für uns einfach ein Stück von dem Braten für die Gäste abschneiden." Gwen sagte ärgerlich: „Also müssen wir uns nach den anderen richten." Kurz darauf kam Roud. Sie trug eine flache Keramikschüssel, in der vier gläserne Becher standen. Gwen fragte. „Wo ist die silberne Bratenplatte?" Roud antwortete: „Die wollte man mir nicht geben, alle Silberplatten werden für die Gäste gebraucht." Gwen sagte resignierend: „Nur einen Tontopf haben sie noch für mich übrig." Arddu hatte die Keramikschüssel in die Hand genommen und betrachtet. Sie sagte: „Seht doch Herrin, es ist eine sehr schöne Schüssel." Gwen sah sie an und antwortete: „Es ist lieb von dir, mich trösten zu wollen, Arddu. Roud, gieß für uns alle Met ein und nennt mich nicht dauernd Herrin, ich bin nicht besser als ihr." Roud goss Met in die vier Gläser. Gwen griff nach dem ersten Glas. Roud griff etwas zögerlich nach einem der Gläser, in diesem Moment sagte Siann: „Also ich, ich bin eine Herrin." Gwen musste lachen und sagte: „Ja, so ist es." dann hob sie ihr Glas und sagte: „Darauf, dass alles besser wird." Arddu und Roud nippten nur an ihren Gläsern, während Siann einen großen Schluck nahm. Gwen fragte: „Nun Roud ist der Met gut?" Roud antwortete unsicher: „Ja, ich weiß nicht, ich habe vorher noch nie welchen getrunken." Gwen sagte: „Trink langsam, sonst wirst du noch betrunken. Du weißt, was Morfudd mit betrunkenen Dienerinnen machen lässt." Roud sah Gwen ängstlich an. Gwen sagte: „Du brauchst keine Angst zu haben, ich würde es nicht zulassen. Stell dir einmal vor, Morfudd würde ihre Regeln auf sich selbst anwenden, sie stände jeden Tag am Pranger." Arddu sah Gwen ärgerlich an. Gwen fragte: „Was hast du?" Arddu sagte: „Wir sollten keine Witze über Morfudd machen. Sie ist schließlich die Hausherrin. " Gwen antwortete: „Arddu, sei nicht so furchtbar vernünftig, wenigstens heute wollen wir Spaß haben." Gwen wandte sich Siann zu: „Nun Herrin, welche Befehle hast du für uns?" Siann setzte sich gerade hin und versuchte ein eindrucksvolles Gesicht zu machen. Nach einem Moment hielt sie ihr Glas hin und sagte: „Gebt mir noch etwas Met!" Gwen ergriff den Krug und sagte: „Ja Herrin." Dann goss sie ein. Ihr entging dabei Arddus ärgerlicher Blick. Gwen füllte die übrigen Gläser. Sie wandte sich wieder Siann zu und fragte. „Hat meine Herrin noch einen Wunsch." Siann hatte aber keine Zeit, ihr zu antworten, da sie gerade das Glas mit einem Zug leerte, sie machte nur eine abwehrende Bewegung mit der Hand. Gwen stellte den Krug zur Seite und nahm wieder ihr Glas, trank daraus und sagte: „Wir müssen jetzt mit den Vorbereitungen für unser

Fest weitermachen." Roud und Arddu wollten die weißen Tücher über die Bänke legen, doch Gwen sagte: „Ich mache das mit Roud zusammen. Arddu kümmere dich um Brior." Gwen und Roud bedeckten die Bänke mit den weißen Tüchern und versuchten die Kammer auch sonst in einen kleinen Festsaal zu verwandeln. Gwen legte die Sitzordnung fest. Sie sagte zu Roud: „Du setzt dich rechts neben Siann. Brior und Arddu sitzen links." Roud sah Gwen verlegen an und sagte: „Wenn ich dort sitze, kann ich schlecht bedienen." Gwen antwortete. „Du wirst auch nicht bedienen, sondern ich werde euch bedienen." Gwen drehte sich um und nahm fünf Teller vom Wandbord. Sie stellte die Teller auf den Tisch und sagte zu Roud: „Hole aus meiner Truhe fünf silberne Löffel." Roud öffnete die Truhe und entnahm ihr ein in ein Leinentuch gewickeltes Bündel. Es enthielt einige silberne Löffel und ein kleines silbernes Salzfass. Roud stellte das Salzfass auf den Tisch und legte an jeden Platz einen Löffel. Gwen stellte die Teller daneben.

Arddu betrat den Raum, sie hatte Brior auf dem Arm. Er war noch etwas verärgert, weil er nicht nur von seinem Spiel weggeholt, sondern auch noch gewaschen worden war. Arddu hatte ihm ein Hemd angezogen, dessen unterer Rand und der Halsausschnitt mit einem bestickten Band umsäumt waren. Gwen schickte Roud in die Küche, um warme Milch für Brior zu holen. Arddu versuchte Brior zu erklären, dass er auf einem Fest ruhig auf seinem Platz sitzen bleiben müsste. Nur Brior interessierte sich mehr für Sianns buntes Trinkglas. Gwen sagte zu ihm: „Das schmeckt dir nicht, du bekommst auch so ein Glas, aber mit Milch und Honig." Brior war aber nicht der Meinung, dass Met nichts für ihn wäre. Um ihn abzulenken, ließ Arddu ihn auf ihren Knien auf und ab hüpfen. Roud kam wieder, sie trug einen kleinen Krug, aus dem es dampfte. Gwen nahm den Honigtopf vom Wandbord und füllte etwas Honig in eines der Gläser. Roud goss heiße Milch dazu. Arddu nahm das Glas und sagte zu Brior: „Die Milch ist noch ganz heiß. Du musst noch etwas warten." Brior wollte aber nicht warten und griff nach dem Glas. Arddu stellte das Glas aus seiner Reichweite und drohte ihm: „Du weißt, was mit Kindern passiert, die nicht hören wollen! Denen wachsen ganz lange Ohren."

Gwen hatte sich hingesetzt und trank aus ihrem Glas, nebenbei beobachtete sie Briors drolliges Verhalten. Nach einiger Zeit fiel ihr Blick auf Roud. Gwen dachte, sie ist eigentlich schon eine junge Frau, ihre Kleidung sieht aber aus wie die eines kleinen Mädchens. Als sie zu Gwen gekommen war, hatte sie nur ein schäbiges Hemd angehabt. Gwen hatte es Arddu überlassen, sie neu einzukleiden. Arddu musste wohl der Meinung sein, dass Roud noch ein Kind wäre. Sie hatte ihr ein Kleid genäht, das bis knapp über das Knie reichte. Gwen sagte: „Roud, setz dich endlich hin. Morgen werden wir dich richtig einkleiden. Du bist zu groß, um so herum zu laufen." Roud setzte sich und zupfte verlegen an ihrem Kleid. Gwen sagte zu ihr: „Du bist die Gesellschafterin einer Dame. Deshalb musst du selbst wie eine Dame aussehen."

Arddu sah Gwen missbilligend an. Gwen fragte: „Bist du damit nicht einverstanden?" Arddu antwortete: „Ihr solltet ihr keine Flausen in den Kopf setzen. Sie wird nie eine Dame sein. Sie ist eine unfreie Dienerin und wird es bleiben." Gwen sagte: „Sie kann genauso eine Dame sein wie ich. Zwischen uns gibt es eigentlich keinen Unterschied." Arddu antwortete: „Oh doch, es gibt einen Unterschied. Ihr seid die Schwester des Herrn von Caer Eiddyn und werdet es immer bleiben. Euch wird nie irgendjemand für einen kleinen Fehler schlagen." Gwen antwortete ärgerlich: „Ich habe euch noch nie geschlagen und werde es auch nicht tun." Arddu sagte: „Nein ihr werdet es nicht tun, aber habt ihr Roud gefragt, wie sie sich fühlte als ihr sie bekamt. Nein niemand hat sie gefragt. Niemand hat gefragt, warum sie keine Ziegen mehr hüten wollte. Habt ihr euch ihren Körper angesehen? Grün und blau haben die sie geschlagen, nur weil sie es trotzdem nicht mehr tat, habt ihr sie bekommen." Arddu hatte aufgehört zu sprechen. Gwen sah Roud an. Roud hielt den Kopf gesenkt. Gwen wollte etwas sagen, doch es fehlten ihr die Worte. In diesem Moment klopfte es an der Tür.

Eine Küchenmagd brachte den Braten. Gwen sagte: „Wir wollen jetzt nicht mehr streiten, sonst wird der Braten kalt." Sie zerschnitt den Braten in mundgerechte Stücke und legte jedem etwas auf den Teller. Sie begannen zu essen. Selbst Brior schien etwas von der Spannung, die im Raum lag, zu spüren. Er saß ganz ruhig auf seinem Platz und schob die von Arddu angebotenen Bratenstücke in sich hinein. Siann spießte ein Bratenstück nach dem anderen mit dem spitzen Ende des Löffelstiels auf und beförderte es in ihren Mund, wobei sie jedes Mal ein lang gezogenes „Ooh" von sich gab. Gwen hatte genug gegessen, sie schob den Teller von sich und sagte: „Ich werde nach draußen gehen. Ihr könnt ja noch sitzen bleiben." Gwen verließ das Haus. Draußen hatte die Dämmerung eingesetzt. Gwen wusste eigentlich nicht, wo sie hin wollte. Sie suchte nur einen ruhigen Platz, um nachzudenken. Von der großen Halle klang Musik herüber. Von dort musste sie sich fernhalten und dabei wäre sie jetzt so gern dort. Gwen hörte ein Klappern aus dem Küchenhaus, irgendetwas zog sie dort hin. Sie erwartete, auf irgendjemanden vom Küchenpersonal zu treffen. Doch als sie durch die Tür schaute, sah sie Morfudd. Wie seltsam dachte Gwen, Morfudd müsste doch als Hausherrin in der großen Halle sein. Morfudd schöpfte mit einer Kelle, Bier aus dem Braukessel. Gwen trat näher und Morfudd trank aus der Kelle. Als sie Gwen bemerkte, setzte sie die Kelle ab und sagte: „Komm mal her." An ihrer lallenden Art zu sprechen, merkte Gwen, dass sie wohl schon eine größere Menge Bier getrunken hatte. Gwen trat näher. Morfudd sagte: „Weißt du, es ist schon merkwürdig. Mein lieber Ehemann bringt meinen Vater um und niemanden kümmert es. Alle sitzen da und tun so, als wäre nichts geschehen."

Morfudd fing an zu husten und musste sich übergeben. Gwen wollte ihr helfen, doch ihr wurde selbst schlecht und sie lief nach draußen. Auf dem Hof stolperte Gwen über irgendetwas. Sie richtete sich auf, konnte jedoch nicht aufstehen, ihr Knie schmerzte. Gwen saß auf dem Boden und rieb an ihrem Knie. Jemand sprach sie an: „Darf ich euch helfen?" Gwen kannte den Mann nicht. An seiner Kleidung und dem prächtigen Schwert an seiner Seite erkannte sie, dass er zu einer der Königssippen gehören musste. Gwen reichte ihm die Hand und er half ihr beim Aufstehen. Gwen dankte ihm, doch als sie den ersten Schritt machte, wäre sie beinahe wieder hingefallen. Er fing sie auf und sagte: „Es ist besser, ich bringe euch in euer Gemach. Ich bin Arthur von Dalriada. Ich sah euch nicht in der Halle." Gwen antwortete: „Ich war auch nicht in der Halle. Ich bin dort unerwünscht." Er antwortete: „Eine so schöne Frau kann doch nicht unerwünscht sein." Gwen sagte: „Gwen Eiddyn schon." Er sah sie erstaunt an und sagte: „Eine Unglücksbringerin habe ich mir anders vorgestellt. Was mich angeht, so glaube ich nicht an diesen Unsinn mit der heiligen Insel." Gwen antwortete beleidigt: „Das Heiligtum ist kein Unsinn. Bringt mich in meine Räume." Er nahm Gwen auf seine Arme und trug sie ins Haus. Er sagte: „Ich werde eure Zofe wecken." Gwen antwortete: „Nein seit lieber leise, sonst weckt ihr noch ihr Kind auf." Er antwortete: „Ich kann euch doch nicht ins Bett bringen." Gwen sagte: „Ihr braucht mich nur bis zu meinem Bett zu bringen. Es sieht ja niemand." Er trug Gwen hinein und legte sie auf ihr Bett. Gwen griff sich an das Knie. Er sagte: „Ich verstehe mich auf die Behandlung von Wunden." Er wollte nach Gwens Rocksaum greifen. Gwen verwehrte es ihm und sagte: „Ich habe auf der heiligen Insel nicht nur Unsinn gelernt. Ihr könnt mich nun allein lassen." Er verabschiedete sich und ging.

Gwen streckte sich aus. So hatte sie sich diese Schotten nicht vorgestellt. Er hatte zwar keine Achtung vor dem Heiligtum, aber sonst. Gwen dachte nach, der heutige Abend war schon merkwürdig, erst die Auseinandersetzung mit Arddu, dann Morfudd und zuletzt dieser Mann.

Gwen betastete ihr Knie. Sie hätte Arthur bitten sollen, ihr etwas kaltes Wasser für ihr Knie zu bringen. Es war eigentlich unter der Würde eines Königssohnes, Wasser zu holen, sie war sich aber sicher, er hätte es getan. Er war einfach anders als all die anderen Männer, die Gwen kannte. Wegen der Schmerzen im Knie konnte sie sich nicht ausziehen. Sie blieb liegen wie sie war und zog die Decke über sich.

Am nächsten Morgen kam Arddu in Gwens Kammer, um ihr wie jeden Morgen beim Ankleiden zu helfen. Zu ihrer Verwunderung lag Gwen angezogen auf ihrem Bett. Gwen sagte zu ihr: „Ich bin letzte Nacht auf dem Hof gestürzt und kann nicht aufstehen. Hilf mir die Kleider auszuziehen." Arddu half ihr die Kleider auszuziehen und Gwen sagte zu ihr: „Gib mir meinen Kasten mit den Heilkräutern. Ich brauche dann noch einige Tücher und kaltes Wasser." Arddu gab Gwen ihren Medizinkasten und ging dann, um Wasser vom Brunnen zu holen. Nach einiger Zeit kam sie zurück und Gwen machte zunächst einen kalten Umschlag um ihr Knie. Gwen schickte Arddu in die Küche um Schmalz und warmes Wasser zu holen. Nachdem Arddu gegangen war, kam Siann in Begleitung von Roud. Gwen sagte: „Roud hole uns etwas zum Frühstück. Siann kann mir solange Gesellschaft leisten." Roud verließ den Raum und Gwen sagte zu Siann: „Sag einmal, was hältst du von Männern?" Siann wiegte den Kopf und sagte: „Die sind immer so hart und behaart. Ich mag es lieber weich und glatt." Gwen fragte belustigt: „Deshalb kuschelst du so gerne mit Roud?" Siann hob die Schultern und sagte: „Die ist immer so schön warm." Gwen sagte: „Warm und weich ist schön, es gibt aber noch mehr." Siann sah Gwen mit einem merkwürdigen Gesichtsausdruck an und sagte: „Davon bekommt man einen dicken Bauch." Gwen musste lachen. Dann sagte sie: „Na ja, das kann schon vorkommen. Irgendwo müssen die kleinen Kinder ja herkommen." In diesem Moment kam Arddu zurück. Gwen nahm verschiedene

Kräuter aus ihrem Kasten, zerrieb sie in einem kleinen Mörser, dann ließ sie Arddu die Kräuter mit Schmalz und warmen Wasser zu einer Salbe kneten. Nachdem die Salbe fertig war, entfernte Gwen den kalten Umschlag von ihrem Knie und strich die Salbe darauf. Gwen sagte zu Arddu: „Wenn ich jetzt schön ruhig liegen bleibe, wird es bald besser." In diesem Moment betrat Cynon den Raum. Er sagte: „Lasst mich mit meiner Schwester allein." Arddu und Siann verließen den Raum. Cynon sagte: „Ich habe von deiner Dienerin gehört, was dir passiert ist. Es ist doch hoffentlich nicht zu schlimm?" Gwen antwortete: „Es ist nicht so schlimm, morgen wird es schon wieder weg sein." Cynon antwortete: „Darüber bin ich froh, aber ich hatte dir gesagt, dass du in deinen Räumen bleiben solltest." Gwen antwortete ärgerlich: „Dann hättest du mich an eine Kette legen sollen oder du lieferst mich gleich an das Heiligtum aus, dann hättest du keinen Ärger mehr mit mir." Cynon sagte nichts, doch Gwen sah, wie sich seine Hand um den Schwertknauf spannte und sie wusste, dass er sehr wütend war. Er ging zum Ausgang, dann drehte er sich um und sagte: „Wenn du das willst, hast du bald Gelegenheit. Morgen kommt ein Abgesandter des Heiligtums."

Er drehte sich um und ging. Gwen fragte sich, ob sie es nicht übertrieben hatte. Ihr Bruder hatte eigentlich recht. Ihre Flucht von der Insel war ein Problem. Nur Gwen war immer noch der Meinung, richtig gehandelt zu haben. Es hatte einfach keine andere Lösung gegeben. Nur jetzt musste sie aufhören sich treiben zu lassen. Arddu hatte recht, sie war die Schwester des Herren von Caer Eiddyn und das hieß, dass sie endlich Verantwortung übernehmen musste. Sie war diejenige, welche für ein Bündnis sorgen konnte. In diesem Moment betraten Arddu, Siann und Roud den Raum. Gwen sagte: „Siann setz dich zu mir. Roud zeige einmal, was du zu essen besorgt hast." Roud stellte den Korb vor Gwen ab und nahm das darauf liegende Tuch herunter. Gwen sagte: „Sehr gut, kalter Braten mit Brot. Arddu hole mein bestes Kleid! Roud sieh nach, ob noch Met von gestern Abend da ist." Gwen und Siann begannen zu essen. Arddu brachte Gwens bestes Kleid. Als Gwen fertig war mit dem Essen, sagte sie: „Arddu hilf mir, das Kleid anzuziehen."

Gwen zog mit Arddus Hilfe das Kleid an und sagte: „Arddu geh zu Arthur von Dalriada und bitte ihn, zu mir zukommen." Arddu zögerte und sagte: „Herrin, ihr solltet euren Bruder vorher fragen, nur der Schicklichkeit wegen." Gwen antwortete energisch: „Tu, was ich gesagt habe!" Arddu sagte: „Ja Herrin." und ging los. Gwen sagte zu Roud: „Hilf mir, mich auf die Bank zu setzen und dann bringe mir den blauen Mantel." Obwohl ihr Knie schmerzte, setzte sich Gwen auf der Bank in Positur. Der Mantel um ihre Schultern gab ihr ein würdevolles Aussehen. Mit Siann als Hofdame und ihren zwei Dienerinnen musste man sie fast für eine Fürstin halten. Sie überlegte, dann sagte sie: „Roud, meinen Schmuckkasten!" Roud brachte den Schmuckkasten und Gwen entnahm ihm das Diadem. Jetzt ist alles vollkommen, dachte sie. Nach überraschend kurzer Zeit öffnete sich die Tür und Arddu meldete Arthur von Dalriada. Er trat ein und grüßte Gwen. Sie wies auf den Platz neben sich und sagte: „Nehmt Platz." Er setzte sich neben Gwen. Siann hatte bis jetzt in einigermaßen würdevoller Haltung neben Gwen gestanden, doch jetzt bezog sie die Aufforderung, sich zu setzen, auf sich. Sie ließ sich vor

Arthur auf dem Fußboden nieder und sah von dort zu ihm hoch. Gwen sagte zu ihr: „Siann du kannst uns jetzt allein lassen." Siann reagierte nicht sondern betrachtete immer noch Arthur. Gwen sagte: „Roud bringe Siann nach draußen!" Roud griff nach Sianns Arm, doch Siann wehrte ihre Hand ab und sagte: „Ich will ihn auch ansehen." Gwen sagte ärgerlich: „Arddu hilf Roud!" Arddu fasste nach Sianns anderem Arm und es gelang ihnen, Siann aus dem Raum zu schaffen. Gwen sagte etwas verlegen zu Arthur: „Es tut mir leid, ich wollte, dass alles schön ist, wenn wir uns wiedersehen und nun das." Arthur nahm ihre Hand und sagte: „Es ist doch nicht deine Schuld, wenn sie sich nicht benehmen kann." Gwen antwortete: „Ich hätte es wissen müssen, sie kann nichts für ihr Verhalten." Arthur streichelte ihre Hand und sagte: „Vielleicht ist es sogar besser so, es war alles ein wenig zu förmlich." Gwen sagte: „Es tut mir leid. Ich habe keine Erfahrung und ich dachte, so wäre es richtig." Arthur legte seinen Arm um sie und sagte: „ Es muss dir nicht leid tun." Gwen sah ihn an und er gab ihr einen Kuss. Gwen war überrascht und wollte zurückweichen, doch irgendetwas hielt sie zurück.

Gwen sagte: „Mein Knie schmerzt, ich möchte mich wieder hinlegen. Würdest du mir helfen." Gwen ließ ihren Mantel von den Schultern gleiten und Arthur half ihr, sich wieder auf ihr Bett zu legen. Gwen dachte, er ist so voller Kraft und doch gefühlvoll. Arthur nahm ihre Hand und führte sie an seinen Mund. Gwen fehlten die Worte, sie öffnete mit der anderen Hand die Bänder, die den Kragen ihres Kleides geschlossen hielten und schob dann seine Hand unter den Stoff. Er sollte spüren, wie ihr Herz pochte. Arthur sank auf den Rand ihres Bettes und küsste sie. Gwen legte ihre Arme um ihn und flüsterte: „Auf dich habe ich immer gewartet."

Währenddessen versuchten Roud und Arddu, Siann zu beruhigen. Nur Siann ließ sich heute nicht beruhigen. Siann schimpfte: „Ihr wisst wohl nicht, wer ich bin? So etwas wie ihr darf mich überhaupt nicht anfassen!" Sie zog Roud an den Haaren. Arddu sagte: „Jetzt reicht es!" Sie packte Siann am Arm, drehte ihn ihr auf den Rücken und zwang sie zu Boden. Arddu sagte wütend: „Ohne mich wärst du immer noch in dem Loch, wo so etwas wie du, eigentlich auch hingehört!" Arddu ließ sie los, Siann flüchtete auf ihr Bett und verkroch sich unter der Bettdecke. Roud murmelte: „Das wird uns die Herrin nicht verzeihen." Arddu sagte: „Sie wird es verstehen. Die da ist nicht bei Verstand, da geht das nicht anders." Arddu verließ den Raum. Roud war immer noch verstört und setzte sich auf Sianns Bett.

Gwen war wieder allein, sie lehnte sich in ihre Kissen zurück und dachte nach. Es war eigentlich alles vollkommen, Arthur liebte sie, sie liebte Arthur und er war der Sohn eines mächtigen Königs. Besser konnte es nicht zusammenpassen. Sollten die anderen, Arthur und seine Schotten für Barbaren halten, wenn jeder Schotte nur halb so ein Mann wie Arthur war, dann waren sie die richtigen Verbündeten. Gwen hatte Durst und rief nach Arddu. Sie wartete eine Weile, doch Arddu kam nicht. Gwen rief noch einmal und Arddu erschien wieder nicht. Gwen überlegte, vielleicht ist etwas mit Siann und Arddu kam deshalb nicht.

Gwen beschloss nachzusehen. Sie humpelte zur Tür. Auf dem Gang war niemand. Sie öffnete die Tür zu Sianns Schlafkammer. Siann saß auf dem Bett, Roud saß vor ihr und hatte ihren Kopf an Sianns Brust gelehnt. Siann spielte in Gedanken versunken mit Rouds Haaren. Gwen fragte: „Roud, wo ist Arddu?" Roud antwortete leise und unsicher: „Arddu ist raus gegangen Herrin." Gwen fragte: „Ist irgendetwas?" Roud antwortete: „Nein Herrin." Gwen verließ den Raum. Irgendetwas stimmte hier nicht. Gwen trat aus dem Haus. Sie sah sich um und entdeckte Arddu bei den Ställen auf der anderen Seite des Hofes. Gwen wollte nach ihr rufen, doch dann entschloss sie sich, selbst zu ihr zu gehen. Arddu schimpfte mit Brior: „Sieh nur, wie du aussiehst! Wie oft muss ich dir noch sagen, dass du nicht im Stall spielen sollst!" Gwen betrachtete die Szene mit einer gewissen Belustigung. Arddu glaubte nicht, dass Brior ein König werden würde, nur die Kleidung, die Arddu ihm anzog, war die eines Königssohnes. Gwen sagte: „Arddu, ich habe nach dir gerufen. Hole mir etwas Bier." Arddu drehte sich überrascht um und antwortete: „Ja Herrin." Gwen sagte: „Mach schnell." Arddu lief davon. Gwen blickte auf Brior herab und sagte: „Na, du bist aber schmutzig." Brior verzog das Gesicht und drehte sich zur Seite.

Gwen sagte: „Komm, ich gebe dir Honigbrot. Zuerst ziehst du aber die schmutzigen Sachen aus." Brior folgte Gwen zum Haus. An der Tür sagte Gwen: „So Brior, jetzt ziehen wir die schmutzigen Sachen aus." Gwen zog ihm das Hemd aus und sagte: „Weil du so artig warst, bekommst du jetzt dein Honigbrot." Gwen ging in ihre Kammer, nahm den Honigtopf vom Wandbord und tauchte ein Stück Brot hinein. Sie gab das Stück Brot Brior und setzte sich dann auf ihr Bett. Gwen beobachtete Brior und dachte, dieser mit Dreck beschmierte kleine Kerl soll die Hoffnung des Landes sein? Welche Zeichen Nimue an ihm gesehen haben wollte, war Gwen nicht klar. Er sah aus wie alle anderen Kinder in seinem Alter. Vielleicht hatte Arddu doch recht und er war nicht zum König bestimmt. Gwen sagte zu ihm: „Komm einmal zu mir." Brior kam näher und Gwen hob ihn neben sich auf das Bett. Was würde werden, wenn morgen der Gesandte des Heiligtums kommt. Wenn das Heiligtum die Sache mit Briors Bestimmung weiterhin geheim hielte, könnten sie die Herausgabe von Brior nicht verlangen, rein rechtlich gehörte er Gwen. Wenn sie es aber nicht geheim hielten, dann würde es niemand verweigern können. Es würde für Arddu schlimm werden. Gwen seufzte, Brior sah sie von der Seite an und sagte: „Heiß." Gwen sah ihn verwundert an. Sie fragte ihn: „Was hast du gesagt?" Brior sah sie mit großen Augen an und antwortete nicht. Gwen dachte, es muss etwas bedeuten, an ihm ist doch irgendetwas Außergewöhnliches. Wenn es so war, dann war das Schicksal unabwendbar, nur, wie sollte sie es Arddu begreiflich machen. In diesem Moment öffnete sich die Tür und Arddu trat ein. Sie trug einen großen Krug. Gwen entschloss sich, ihre Gedanken vorläufig für sich zu behalten und sagte zu ihr: „Gieß etwas Bier in meinen Becher, Arddu." Arddu füllte Bier in einen Becher und gab ihn Gwen. Sie trank und Brior sah sie von der Seite an. Gwen setzte den Becher ab und sagte zu ihm: „Willst du nicht lieber spielen gehen?" Brior schüttelte den Kopf. Arddu fasste ihn am Arm und zog ihn vom Bett. Sie sagte zu ihm: „Du gehst jetzt raus, du störst die Herrin."

Arddu schob Brior zur Tür hinaus. Gwen war über Arddus Bemerkung verärgert.

Sie sagte: „Arddu, er stört mich keineswegs." Arddu antwortete: „Ja Herrin, wenn ihr meint." In diesem Moment öffnete sich die Tür. Siann trat gefolgt von Roud ein. Siann erblickte Arddu und wollte den Raum fluchtartig wieder verlassen, dabei stieß sie mit Roud zusammen. Gwen sagte zu ihr. „Was hast du denn Siann?" Siann zeigte auf Arddu und sagte: „Die ist böse." Gwen antwortete: „Das ist doch Arddu, die ist doch nicht böse." Siann kroch zu Gwen auf das Bett. Sie sagte ängstlich: „Die tut mir weh." Gwen sah Siann misstrauisch an, dann blickte sie zu Arddu. Arddu meinte, die Sache erklären zu müssen, sie sagte: „Herrin, als ihr uns mit ihr raus geschickt habt, hat sie Roud an den Haaren gezogen und uns beschimpft. Ich habe sie etwas grob anfassen müssen, um sie zur Ruhe zu bringen." Gwen war wütend und sagte: „Arddu komm mit nach draußen." Sie verließen den Raum. Vor der Tür sagte Gwen zu Arddu: „Du musstest sie grob anfassen? Gerade du müsstest wissen, wie schlimm das ist. Ich versuche, dich gerecht zu behandeln und was machst du?" Gwen hörte auf zu schimpfen und dachte darüber nach, Arddu zu bestrafen, doch dann entschloss sie sich es nicht zu tun. Gwen sagte zu ihr: „Dieses eine Mal will ich dir verzeihen, das nächste Mal nicht mehr. So und nun geh wieder rein und schicke mir Roud." Arddu ging wieder in Gwens Kammer, Roud kam heraus und Gwen sah ihr an, dass sie furchtbare Angst hatte. Gwen sagte zu ihr: „Roud, du solltest Acht geben, dass Siann nichts passiert und was machst du? Du siehst zu wie Arddu ihr weh tut. Wenn du deine Pflicht so wenig ernst nimmst, dann brauche ich dich nicht." Roud sagte unter Tränen: „Herrin, bitte schickt mich nicht fort. Ich wusste nicht, was ich tun sollte. Bitte!" Gwen sah sie an, dann sagte sie: „Schon Gut. Geh ins Webhaus und hole einen Ballen Stoff. Du solltest ja noch ein neues Kleid bekommen." Roud antwortete: „Ja Herrin." Gwen ging wieder in ihre Kammer. Siann saß noch auf Gwens Bett und hatte sich über den Bierkrug hergemacht. Gwen ließ sich auf dem Bett nieder und sagte: „Siann, du solltest nicht so viel Bier trinken." Siann verzog das Gesicht und sagte: „Nein." Gwen sagte: „Dann gib mir wenigstens auch einen Becher." Siann antwortete: „Na gut." Gwen hielt ihren Becher hin und Siann goss Bier hinein. In diesem Moment betrat Roud den Raum. Sie war ganz außer Atem und trug einen Ballen Stoff. Gwen sagte: „Arddu, du wirst Roud beim Nähen eines Kleides helfen. Gwen machte es sich auf dem Bett bequem und beobachtete Arddu, wie sie an Roud Maß nahm und den Stoff zuschnitt. Siann hatte sich an Gwens Rücken geschmiegt und war eingeschlafen. Gwen dachte, es ist tatsächlich angenehm warm, wenn jemand neben einem liegt.

In diesem Moment betrat Gwens Bruder den Raum. Er sagte zu Roud und Arddu: „Geht raus!" dann wandte er sich an Gwen: „Ich wollte mit dir reden. Stell dir vor, dieser Arthur von Dalriada hat um deine Hand angehalten. Ich wollte es nicht ablehnen, ohne vorher mit dir gesprochen zu haben." Gwen fuhr hoch, sie sagte heftig: „Warum denn ablehnen?"

Ihr Bruder sagte erstaunt: „Natürlich ablehnen, ich überlasse meine Schwester doch nicht diesem Barbaren." Gwen schluckte und sagte dann: „Er ist kein Barbar. Er ist der Sohn des mächtigsten Königs hier im Norden. Einen besseren Verbündeten können wir nicht finden." Cynon sah seine Schwester erstaunt an. Er sagte: „Ich dachte nur an dein Wohl. In diesem Moment erwachte Siann und richtete sich hinter Gwen auf. Cynon frag-

te verwundert: „Was macht die denn in deinem Bett?"
Gwen antwortete: „Sie hat geschlafen." Cynon fragte:
„Schläft die öfter in deinem Bett?" Gwen lachte und
sagte: „Nein. Was mein Wohl angeht, so ist Arthur gut
für mein Wohl und für das Wohl des Landes. Sage ihm,
dass ich seine Werbung annehme." Cynon sah sie erstaunt an und sagte: „Ich will nicht gegen deinen Willen entscheiden, doch ich will auch nicht, dass meine
Schwester in der Erdhöhle eines Wilden hausen muss."
Gwen antwortete wütend: „Wo, glaubst du, werde ich
hausen, wenn wir uns nicht mit ihm verbünden? Du
willst wohl, dass deine Schwester die Sklavin eines Angeln wird?" Cynon war erstaunt über die Entschlossenheit seiner Schwester. Er antwortete: „Ich werde noch
einmal darüber nachdenken." Er verließ den Raum.
Gwen blieb aufgewühlt zurück. Siann hatte sich auf den
Bauch gelegt und kicherte leise vor sich hin. Gwen legte sich wieder hin und starrte zur Decke. Sie war überrascht, ihr Bruder machte sich mehr Gedanken um sie,
als sie erwartet hatte. Es mochte wohl so sein, dass die
Schotten Barbaren waren, doch sie liebte Arthur und
er liebte sie und die Liebe konnte alles verändern. Sie
würde ihm schon die fehlende Kultur beibringen. In
diesem Moment betraten Arddu und Roud wieder den
Raum. Sie nahmen ihre Arbeit wieder auf. Gwen beobachtete sie. Sie dachte, Roud ist aber mager, ich sollte
darauf achten, dass sie mehr isst. Gwen rief Roud zu
sich. Roud trat vor Gwens Bett und Gwen sagte zu ihr:
„Roud du bist so mager, du solltest etwas mehr essen.
Ich werde dafür sorgen, dass du ab sofort mehr bekommst." Gwens Blick fiel auf Rouds Füße. Gwen sagte: „Zu dem neuen Kleid musst du noch schöne Schuhe

bekommen. Geh zum alten Rhys und sage ihm, dass er sich eine Woche lang aus der Hofküche zu Essen holen kann was er will, wenn er dir ein Paar besonders schöne Schuhe macht." Roud sah Gwen überrascht an, dann antwortete sie dankbar: „Ja Herrin. Danke Herrin." Gwen war zufrieden. Der alte Rhys war früher Krieger gewesen, doch dann hatte er ein Bein verloren. Jetzt saß er in seiner Hütte in der Nähe der Burg und machte die schönsten Sachen aus Leder. Die Zaumzeuge für die Pferde und die Schuhe, die er machte, waren begehrt und so konnte er gut davon leben. Siann lag immer noch hinter Gwen auf dem Bett. Gwen drehte sich zu ihr um und sagte: „Meinst du nicht auch, dass ihr beide noch viel mehr Eindruck macht, wenn Roud mit neuer Kleidung versehen ist." Siann setzte sich auf, wiegte den Kopf hin und her und sagte dann: „Mit kurzem Rock gefiel sie mir besser." Gwen schüttelte den Kopf und sagte: „Siann, Roud ist doch kein Kind mehr, sie ist eine junge Frau, sie müsste sich doch schämen vor den Männern." Siann gab ein quietschendes Geräusch von sich und drehte den Kopf weg. Dann sagte sie heftig: „Die ziehen sie ja sowieso aus, da ist das egal." Gwen sah Siann an und sagte: „Ich glaube nicht, dass Roud sich schon mit Männern beschäftigt." Siann antwortete mit heftigem Kopfnicken: „Doch, sie hat es mir gesagt." Gwen sah Roud an, diese kämpfte mit den Tränen. Gwen fragte sie: „Was ist denn?" Roud konnte kaum sprechen, sie presste hervor: „Ich, ich draußen bei den Viehweiden. Er sagte, er schlägt mich, wenn ich nicht und dann und." Sie weinte heftig. Gwen zog sie zu sich heran und sagte: „Ist schon gut. Sage mir, wer es war." Roud schüttelte den Kopf und presste die Lippen zusammen. Gwen sagte: „Sag mir seinen Namen? Wir können dem das doch nicht durch gehen lassen." Roud weinte, Gwen sagte: „Ist schon gut." Gwen überlegte, sie musste herausfinden, wer es war, es würde nicht leicht sein. Roud sollte ja nicht unnötig dabei leiden. Nur wie? Selbst wenn sie den Namen herausbekam, die Aussage Rouds hätte wenig Wert, niemand würde sich sonderlich um die Wahrheit kümmern. Ja, wenn sie eine Freie wäre, sehe es ganz anders aus. Es wäre dann eine Frage der Sippenehre und die männlichen Verwandten würden sich darum reißen, der Aussage mit dem Schwert Nachdruck zu verleihen. Gwen sah Roud an und streichelte ihre Hand und sagte: „Ist schon gut, wische deine Tränen ab und dann hilf Arddu beim Nähen." Gwen ärgerte sich ein wenig über Siann, Roud hatte ihr die Sache sicher nicht erzählt, damit sie es weiter erzählt. Siann schien Gwens Gedanken zu spüren. Sie hatte den Kopf abgewandt und spielte mit einem der Glöckchen an ihrem Kleid. Diese Glöckchen waren kein Schmuck, sondern sie sollten auf Sianns Zustand hinweisen, ihr Klang sollte eine Warnung sein, da Siann für ihre Handlungen nicht verantwortlich zu machen war. Gwen hatte das am Anfang gar nicht gefallen, aber ihr Bruder hatte gemeint, dass es so sein müsste, von Rechts wegen.

Plötzlich öffnete sich die Tür. Morfudd betrat den Raum. Sie sagte zu Gwen: „Meine Liebe. Wir müssen uns unterhalten." Gwen antwortete: „Aber natürlich. Siann würdest du von meinem Bett heruntergehen und Arddu, ihr könnt draußen weiter arbeiten." Arddu packte die Nähsachen zusammen und Roud zog Siann am Arm nach draußen.

Morfudd räusperte sich und sagte: „Da du die Werbung dieses Arthur annehmen willst, müssen wir darüber reden, wie er sie bei dir vortragen kann. Ich würde sagen, du empfängst ihn hier. Wir werden den Raum vorher entsprechend herrichten. Cynon, ich und einige ehrbare Männer werden anwesend sein, wie es nun einmal der Brauch ist. Hinterher wird Cynon die Einzelheiten der Hochzeit mit Aedan von Dalriada aushandeln." Morfudd hatte aufgehört zuprechen und atmete schwer, wobei sie ihren Bauch hielt. Gwen sagte zu ihr: „Setz dich lieber hin. Soll ich dir etwas zu trinken bringen lassen?" Mofudd setzt sich und winkte abwehrend mit der Hand. Nach einer Weile sagte sie: „Es geht schon. Wir werden den Raum mit Stoff auskleiden. Ich lasse noch einige Bänke herbringen und dann wird es schon angemessen aussehen." Gwen hielt das zwar für übertrieben, doch sie wollte sich heute nicht streiten. Sie sagte: „Genau so werden wir es machen." Morfudd erhob sich und ging in Richtung Tür. Bevor sie die Tür öffnete, drehte sie sich um und sagte: „Ich verstehe dich nicht, du hättest es ganz anders haben können und nun machst du es wie alle. Erst reden diese Kerle von Liebe und dann? Dann verraten sie uns." Morfudd sah Gwen an und nickte mit dem Kopf, dann drehte sie sich um, öffnete die Tür und ging. Gwen sah Morfudd verwundert nach. Nein, sie würde nie ihre Würde wegwerfen wie das Morfudd tat. Gwen rief nach Arddu. Arddu trat ein und Gwen sagte zu ihr: „Wir werden den ganzen Raum mit Stoff auskleiden. Ihr könnt alle Vorräte herholen, die da sind. Roud soll dir helfen, ich achte so lange auf Siann. Wenn es fertig ist, soll niemand erkennen können, dass wir hier in meinem Schlafzimmer sind." Arddu antwortete: „Ja

Herrin." Gwen verließ den Raum und Arddu folgte ihr. Vor der Tür trafen sie auf Roud und Siann. Gwen sagte: „Roud, du hilfst Arddu. Siann, wir beide gehen nach draußen." Siann folgte Gwen auf den Hof und von dort in den kleinen Kräutergarten, den sich Gwen angelegt hatte. Gwen ließ sich auf dem großen Stein nieder, der den Mittelpunkt des Gartens bildete. Von dort konnte sie den Hof beobachten, ohne selbst gesehen zu werden. Siann ließ sich auf dem Boden nieder und roch an einer Blume. Nach einiger Zeit konnte Gwen beobachten, wie Arddu und Roud einige Stoffballen heranschleppten, Morfudd hatte auch einige Mägde und Knechte angewiesen, bei den Vorbereitungen zu helfen. Gwen konnte beobachten, wie Bänke herbei getragen wurden. Es wurden auch Krüge mit Wein sowie goldene und silberne Trinkgefäße herbei geschafft. Gwen sagte zu Siann: „Gestern hatten die nicht einmal eine Bratenplatte für mich und heute bekomme ich die halbe Ausstattung der großen Halle." Die Sache war ihr eigentlich peinlich, es ging doch um sie und nicht darum, den Reichtum des Landes zu zeigen. Arthur würde sie doch auch lieben, wenn sie nichts hätte? Gwen kamen Zweifel. Was, wenn er es nur auf das Land abgesehen hätte? Liebte er sie wirklich?

Es ging alles so schnell. Gwen war ganz schlecht, Siann sah sie an und fragte: „Ist das, weil du mit ihm zusammen warst?" Gwen wunderte sich über die eigenartige Frage und sagte: „Irgendwie schon. Weißt du, wie ich herausfinden kann, ob er mich wirklich liebt?" Siann stützte mit der Hand ihr Kinn und blickte in die Ferne als ob sie nachdachte. Nach einer Weile sagte sie: „Du musst ihn prüfen." Gwen sah sie erstaunt an und dachte, sie hat eigentlich recht. Nur wie? Gwen dachte nach, dann glaubte sie, eine Idee zu haben. Sie stand auf und sagte zu Siann: „Lass uns einmal nachsehen, wo Brior steckt." Gwen stand auf, trat auf den Hof und ließ ihren Blick umherschweifen. Brior spielte auf der anderen Seite des Hofes mit einem anderen Kind. Gwen ging zu ihm. Sie beobachtete die beiden eine Weile. Gwen sagte zu ihm: „Wenn du ganz lieb bist und machst, was ich dir sage, schenke ich dir etwas Schönes." Brior sah zu ihr hoch und fragte: „Was schenkst du mir?" Gwen überlegte, dann sagte sie: „Eine bunte Glaskugel." Brior stand auf und Gwen nahm seine Hand. Sie gingen in das Haus, die Dekoration von Gwens Räumen war fast fertig. Gwen sagte zu Arddu: „Du kannst jetzt Morfudd sagen, dass ich bereit bin, Arthur zu empfangen. Arddu fragte: „Soll ich Brior mit rausnehmen?"

Gwen antwortete: „Nein, er kann mir noch eine Weile Gesellschaft leisten." Arddu verließ den Raum. Gwen wandte sich an Roud: „Roud, du kümmerst dich solange um Siann. Ich will nicht, dass sie irgendwie stört." Gwen öffnete ihre Truhe und entnahm ihr ein kleines Beutelchen. Gwen griff hinein und holte eine Kugel aus buntem Glas heraus. Sie zeigte sie Brior und sagte: „Du musst ganz artig sein, dann schenke ich sie dir." Gwen setzte sich auf ihren Platz und nahm Brior auf den Schoß. Sie ließ die Kugel auf dem Tisch hin und her rollen, um Brior die Zeit zu vertreiben bis Arthur kam. Dann endlich öffnete sich die Tür.

Arddu hielt die geöffnete Tür. Morfudd trat ein. Ihr folgten Aedan von Dalriada, Arthur, Cynon und einige von Cynon und Aedans Kriegern. Am Schluss kam noch eine von Morfudds Dienerinnen. Gwen beobachtete Arthurs Gesichtsausdruck, wie würde er auf das Kind auf ihrem Schoß reagieren? Arthur und Aedan verneigten sich vor ihr. Gwen ließ Brior von ihrem Schoß gleiten und grüßte zurück, dann sagte sie zu Arddu: „Bringe ihn raus!" Arddu beeilte sich der Anweisung zu folgen. König Aedan fragte mit dumpfer Stimme: „Was ist das für ein Kind?" Cynon antwortete: „Nichts weiter. Nur das Kind einer Dienerin." Aedan brummte: „So so, das Kind einer Dienerin." Arthur trat vor und fragte: „Gwen Eiddyn willst du meine Frau werden?" Gwen überlegte einen Moment, sein Gesichtsausdruck als er Brior auf ihrem Schoß sah, hatte sie überzeugt, er liebte sie wirklich. Gwen antwortete: „Arthur von Dalriada, ich bin bereit deine Frau zu werden." Cynon sagte: „Die Hochzeit wird zum bald möglichsten Termin stattfinden." Morfudd gab ihrer Dienerin ein Zeichen und diese füllte Wein in die Becher und Pokale. Alle Anwesenden tranken auf Gwens und Arthurs Wohl.

*Ein Jahr später*

Es war endlich so weit. Gwen saß allein in ihrer Kammer und zweifelte ob es richtig wäre. In der großen Halle saßen Cynon und König Aedan und verhandelten. Sie verhandelten nicht über die Ehe von Gwen und Arthur, nein über einen Bündnisvertrag redeten sie. Wo blieb da die Liebe? In diesem Moment betrat Arddu den Raum. Gwen stand auf und fragte: „Ist es so weit?" Arddu antwortete: Nein Herrin, ich bringe nur den Seidenschleier." Gwen setzte sich wieder und Arddu verließ den Raum. Nach einiger Zeit öffnete sich die Tür und Morffud betrat begleitet von Arddu den Raum. Sie sagte: „Es ist so weit Gwen." Und an Arddu gewandt: „Achte darauf, dass alles richtig sitzt." Morffud nahm Gwens Hand und sagte: „Ich wünsche dir, dass du mehr Glück hasst als ich." Sie gingen in die große Halle. In der Mitte der Halle standen Arthur, Cynon und König Aedan. Gwen trat vor sie. König Aedan ergriff das Wort: „Ihr habt euch entschlossen unsere Sippen zu vereinen und wir haben nichts dagegen. So nun schwört euch gegenseitige Treue." Gwen und Arthur schworen sich gegenseitig die Treue. Der Barde schlug seine Harfe an und trug ein langes Lied über Gwen und Arthurs Vorfahren vor. Dann begann das Fest. Am Abend stiegen Gwen und Arthur in ihr mit Blumen geschmücktes Bett.

# Der Autor

Am 11.04.1968 wurde Niels Engler in Karl-Marx-Stadt (heute Chemnitz) geboren.
Dort verbrachte er seine Kindheit ging zur Schule und erlernte den Beruf eines Mechanikers.
1989 begann er sich mit Kunst zu befassen. Zuerst entstanden Bilder, Grafiken und kleine Plastiken, Doch bald entstanden auch Kurzgeschichten und Sachtexte zur Kunst.
Er absolvierte ein Fernstudium der Religionsphilosophie und veröffentlichte einige Sachbücher zu künstlerischen Techniken. Heute lebt er im Erzgebirge.

# Der Verlag

## novum VERLAG FÜR NEUAUTOREN

> *Wer aufhört*
> *besser zu werden,*
> *hat aufgehört*
> *gut zu sein!*

Basierend auf diesem Motto ist es dem novum Verlag ein Anliegen, neue Manuskripte aufzuspüren, zu veröffentlichen und deren Autoren langfristig zu fördern. Mittlerweile gilt der 1997 gegründete und mehrfach prämierte Verlag als Spezialist für Neuautoren in Deutschland, Österreich und der Schweiz.

**Für jedes neue Manuskript wird innerhalb weniger Wochen eine kostenfreie, unverbindliche Lektorats-Prüfung erstellt.**

Weitere Informationen zum Verlag und seinen Büchern finden Sie im Internet unter:

w w w . n o v u m v e r l a g . c o m